À L'EST
DU MONDE

Gilles Etrillard
François Sureau

À L'EST DU MONDE

Préface de Raymond Barre

Fayard

Nous remercions pour leur aide MM. Raymond Barre, Henry Kissinger, Zbigniew Brzezinski, Lee-Kuan-Yew et Fred Bergsten.

A nos parents

PRÉFACE

Depuis vingt ans, les nations qui bordent le Pacifique n'ont cessé d'accroître leur poids dans les affaires internationales. Le thème de l'accession du Pacifique au rôle prédominant que tenait depuis le XIX*e siècle l'Atlantique, est aujourd'hui favori. Le déplacement du foyer de l'activité économique de l'Est vers l'Ouest des Etats-Unis en est un des corollaires. Deux jeunes auteurs ont voulu retracer et interpréter l'évolution que nous observons « à l'Est du Monde ». Leur premier mérite est d'avoir écarté les analyses brillantes et superficielles qu'inspire trop souvent l'Extrême-Orient et d'avoir accompli un travail soigneusement documenté, sérieux et profond, inspiré par une grande probité intellectuelle.*

Gilles Etrillard et François Sureau ne se sont pas encombrés d'appareils théoriques complexes et subtils ; ils se sont gardés des préjugés et des partis pris ; ils ne se sont rattachés ni à un clan ni à une chapelle. Ils ont attentivement étudié les pays du Pacifique ; ils ont porté sur eux un regard objectif, un regard d'Européens dépourvus d'à-priori ; ils ont cherché à mettre en perspective historique l'ample et lente transformation qui s'est produite sur les rives du Pacifique par une assimilation originale et sélective de l'efficacité occidentale, je devrais dire atlantique : le Pacifique héritier de l'Atlantique dans la fidélité à ses traditions culturelles ! Nos auteurs ont constamment cherché à combiner les facteurs historiques, économiques et géographiques afin de dégager une vision globale du développement du Japon, puis des autres pays du Pacifique.

Si bouillonnante, audacieuse, féconde qu'ait pu être l'expansion des entreprises japonaises, elle ne peut en effet, à elle seule, expliquer le prodigieux et durable succès japonais.

Les Japonais n'ont pas craint d'emprunter à l'Occident tout ce qu'ils y voyaient de meilleur en fait de maîtrise technologique et d'efficacité industrielle. Mais leur essor peut-il se comprendre selon les clefs du capitalisme concurrentiel, mû par le seul esprit du profit, tel que le XIX*e siècle en conçut la pratique et la théorie en Occident ? Dans le succès japonais, il entre davantage : tout l'élan d'une nation lucide et orgueilleuse, déterminée et cohérente. Il est moins important d'en rechercher les causes particulières, spécifiques et locales, que d'en saisir le mouvement d'ensemble, car celui-ci se rattache à des souvenirs qui nous sont familiers : un même mouvement anime et entraîne les nations d'Occident chaque fois qu'elles font œuvre créatrice.*

Sur les rives du Pacifique, ce mouvement procède aujourd'hui d'une forte vision du monde qui agit sur les comportements par-delà la dynamique des profits, des revendications, des compétitions politiques. Vision marchande, vision technologique, vision historique surtout, complexe comme celle qui guida jadis les grands essors d'Occident. Elle favorise des redistributions, des réajustements, des remaniements dont la rapidité et l'ampleur étonnent l'Occidental. Un formidable potentiel se constitue, dont les ondes de choc qui secouent déjà nos édifices industriels ne sont pas un phénomène passager. Dans les pays du Pacifique en plein essor, toutes les industries semblent jeunes : les plus avancées, les plus riches en technologies d'avant-garde, mais aussi les plus traditionnelles : la sidérurgie, la construction navale, l'automobile même, bouleversées par ceux qui en avaient le moins l'expérience, se sont renouvelées et rajeunies. Partout s'affirme dans le Pacifique une maîtrise industrielle grandissante ; partout dans le monde se renforcent et se resserrent des réseaux d'information et d'exportation qui ont l'Extrême-Orient pour foyer ; d'immenses réserves démographiques se préparent à soutenir ce puissant développement ; les complémentarités géographiques, agricoles, sociales de cette vaste zone sont méthodiquement exploitées ; une sorte d'harmonie — qui n'est spontanée qu'en apparence — amène des pays qui se trouvent à des stades inégaux de développement à jouer au plus juste de leurs différences pour édifier des combi-

naisons de sous-traitance puissamment efficaces.

Là, comme le montrent fort bien les auteurs, le sous-développement n'apparaît plus comme une accablante fatalité, pas plus qu'il ne se réduit à une exploitation coloniale ou postcoloniale dont l'Occident porterait une imprescriptible culpabilité. Au contraire, le succès acquis est dû à l'alliance d'efforts clairvoyants, tenaces, autonomes, et de la prospérité des marchés largement ouverts de l'Ouest. Pour dominer le sous-développement asiatique, il fallait conjuguer ainsi ces efforts et cette ouverture.

L'avenir est-il assuré ? les riverains du Pacifique sont-ils à l'abri des inquiétudes ? Fort sagement, les auteurs se gardent d'apporter une réponse tranchée, ils montrent que cet avènement du Pacifique n'est pas allé sans défaillances ni déceptions ; mais celles-ci ont toujours pu être dominées grâce à une capacité d'adaptation dont les nations d'Occident paraissent aujourd'hui moins pourvues. Une escalade du protectionnisme, une régression des échanges constitueraient assurément pour les nations du Pacifique en plein essor une terrible épreuve dont les conséquences, d'ailleurs, déborderaient très vite le domaine économique et mettraient en cause les équilibres géostratégiques de cette partie du monde, pour son malheur et pour le nôtre.

A l'Est du Monde *met ainsi en perspective la croissance de ce nouveau berceau de puissance océanique. En un sens, l'Occident peut s'en féliciter; n'est-ce pas là une éclatante confirmation de l'efficacité de ses méthodes, transposées, rajeunies, mais néanmoins directement dérivées de ses propres principes d'expansion? Comment d'ailleurs s'affliger de voir l'émulation — ressort fondamental du modèle occidental — arracher par centaines de milliers des hommes à la misère et gagner ainsi des nouvelles ressources faites pour stimuler nos énergies quelque peu alanguies par leur propre réussite?*

En soi, l'essor du Pacifique ne comporte aucune menace pour l'Occident. L'extraordinaire croissance des trois dernières décennies est là pour témoigner que la prospérité de l'un ne signifie pas l'appauvrissement de l'autre. L'expansion, la diversification, la liberté des échanges internationaux sont de puissants facteurs du développement économique et du progrès social.

Mieux que l'Europe, l'Amérique le comprend. Les Etats-Unis, il est vrai, entretiennent avec la zone Pacifique des relations étroites. De longue date, l'Amérique a eu conscience de l'importance du Pacifique : elle y a imposé son hégémonie, sachant ensuite tirer les enseignements de son échec au Viêt-nam pour renouveler les formes de son influence en jouant au mieux des rivalités des empires communistes.

L'Europe, plus éloignée, devenue moins fami-

lière de l'Asie, n'a pas cette même conscience active de l'avènement du Pacifique. Elle ressent une alarme diffuse comme s'il s'agissait d'un péril lointain, et se montre presque résignée, comme si ce péril était inéluctable. De là un contraste saisissant entre les discours outranciers sur le basculement du monde et des pratiques frileuses de défense passive. D'un côté, des prophéties catégoriques où le Pacifique est dépeint comme la nouvelle mer centrale du monde, de l'autre des réactions superficielles, les unes et les autres également stériles et défaitistes.

Le livre de Gilles Etrillard et François Sureau, par les éclairages qu'il apporte, peut aider à faire justice de bien des idées fausses, complaisamment cultivées dans notre pays et plus dangereuses pour son avenir que les plus redoutables compétitions industrielles de l'Orient.

Tout d'abord, il nous invite à regarder le monde tel qu'il est et tel qu'il évolue. La France a eu plus de mal que les autres nations d'Occident à comprendre la réalité de la crise mondiale. Trop nombreux ont été ses clercs, tout à leurs idéologies, à leurs jeux, qui, délibérément ou non, ont travesti les réalités. Ils sont parvenus à déconcerter et égarer l'opinion. Il est affligeant de songer que les débats politiques majeurs de ces dernières années n'ont pas vraiment traité des enjeux qui commandent notre avenir.

Que reste-t-il aujourd'hui des potions, lotions et élixirs magiques vantés à l'envi pour résoudre tous nos maux ? Le sens de la responsabilité et de l'effort demeure la vraie richesse et le vrai recours de la nation.

Lorsque, malgré tout, la réalité de l'extérieur s'impose, la tentation est toujours forte de la caricaturer pour éluder tout ce qu'elle a d'embarrassant pour les mentalités sclérosées et les stéréotypes anachroniques. Les succès extérieurs ? Bien des analystes s'emploient d'abord à en minimiser la portée, à en sous-estimer l'impact, à prédire leur essoufflement prochain. Les succès durent, ils s'amplifient ? Ce n'est rien, disent ces mêmes commentateurs ; voyez là l'effet de pratiques frauduleuses ou du moins indélicates, d'une exploitation odieuse et éhontée de la main-d'œuvre locale ! Combien de responsables a-t-on entendus tenir pareil discours et forger des alibis au lieu de forger des stratégies, alors que des concurrents plus avisés — et, grâce à Dieu, il en est encore dans notre pays — s'employaient à remodeler et à rénover leurs entreprises, malgré les tentatives menées méthodiquement pour les décourager. Il n'est pas, pour un peuple, d'attitude plus nocive que d'imputer ses insuffisances et ses échecs à des complots.

C'est un des grands mérites de ce livre de dépeindre simplement la réalité et de rendre de ce fait dérisoires les interprétations lénifiantes ou accusatrices des changements du monde : il fait notamment apparaître la vanité de certains expédients, et d'abord de la tentation protectionniste.

Grâce à son ouverture sur le monde décidée à la fin de 1958 par le Général de Gaulle, la France a connu sa plus grande période historique de prospérité ; elle a pu, en quelques décennies, s'affirmer comme une des puissances industrielles de premier rang. Rien de tout cela n'était concevable sans les marchés mondiaux ; nos plus grands succès — automobile, aéronautique, télécommunications, espace... — ne se conçoivent plus qu'à l'échelle du monde. Et pourtant, dès que reviennent les temps difficiles, joue le vieux réflexe protectionniste. La France n'a pas fini d'épouser son siècle. Dans la difficulté, deux formes de fuite s'offrent à notre pays : le repliement sur le marché intérieur qui scellerait irrémédiablement notre déclin industriel, et l'endettement forcené qui reporte sur les années à venir le poids effroyablement augmenté des ajustements aujourd'hui différés. Choix déjà néfastes s'il fallait affronter des difficultés passagères, car ils aggraveraient nos maux sans les traiter ; choix catastrophiques lorsqu'il s'agit de compter, comme le fait ressortir ce livre, avec des transformations mondiales profondes et durables, dont les effets ne pourront indéfiniment être éludés.

Quant au volontarisme autoritaire et centralisateur qui prétendrait édifier une puissance industrielle à coups de nationalisations et de planification quantitative, il est d'avance voué à l'échec, car son efficacité ne peut dépasser les domaines où l'Etat dispose des moyens de commander les marchés. Là où il est incapable d'imposer sa contrainte — en dehors des marchés publics — joue la loi du marché international.

Seules des entreprises autonomes, responsables, disposant des moyens nécessaires et pratiquant une stratégie éclairée et une gestion rigoureuse, sont en mesure — par un métier lentement perfectionné — de se tailler une place dans le monde. Le premier enseignement qu'il faut dégager du succès japonais, c'est d'abord celui-là. Il est le fruit lentement mûri d'un patient effort collectif, le plus éloigné qui soit des démonstrations théâtrales sur les tréteaux politiques.

A l'Est du Monde *fait enfin justice des descriptions caricaturales du Japon : les unes à la recherche d'un capitalisme pur et dur, intégriste, à l'ancienne, tenu par ses fidèles nostalgiques pour seul efficace ; les autres travestissant sans scrupule les faits pour dépeindre le pays comme une galère, un repoussoir qui rehausse par contraste les attraits défraîchis des systèmes opposés. Là encore, c'est utiliser les références extérieures non pour comprendre le monde, mais pour faire flèche de tout bois dans nos archaïques querelles intérieures.*

Aujourd'hui, nombreux sont ceux qui cherchent à se donner un brevet de rigueur : mieux vaut tard que jamais ! Mais la seule rigueur qui vaille est intellectuelle. Ce que l'on appelle rigueur économique n'est jamais une fin en soi. Elle peut revêtir deux formes : l'une n'est qu'un combat en retraite, le lourd tribut que toute une collectivité doit payer pour les préjugés et les rodomontades de ceux qui l'ont induite en erreur ; l'autre est le prix nécessaire de la contre-offensive, mais cette dernière implique précisément que les sacrifices demandés procèdent d'abord d'une vue réaliste et honnête de l'état du monde, de nos faiblesses et de nos forces, et s'inspirent de la volonté d'assurer l'avenir du pays.

Il est temps. La menace industrielle qui nous vient d'Orient n'est pas fatale ; aucune loi historique n'impose un basculement du monde où chavirerait l'Europe. Il ne tient qu'à nous d'être les concurrents de nos concurrents. Nous en avons les ressources humaines, techniques, économiques. Mais il faut d'abord faire les vrais diagnostics, nous convaincre une fois pour toutes que les faux procès et les faux remèdes sont plus dangereux que tous les chocs pétroliers et tous les chocs industriels, dissiper les illusions attachées aux programmes miracles, aux modifications de structures magiques, tenues pour capables de ramener la France sur la voie du progrès sans mobiliser d'abord l'initiative et la responsabilité des Français. Un jour on nous vante l'Etat, le travaillisme à la française, le socialisme à l'autrichienne, etc. Un autre jour, voici l'Etat coupable de tous les échecs. Le dénoncer en bloc devient un signe de profondeur intellectuelle. Chacun y va de son programme badigeonné à la couleur qui semble le mieux convenir aux humeurs du moment. Les Français ont droit à plus de respect. La vérité ignore les modes, tout comme le monde poursuit son évolution sans attendre le dénouement de nos psychodrames domestiques.

J'ai toujours été frappé par le fait que les Japonais ne se sont jamais laissé amollir par leurs succès économiques. Ils n'ont jamais perdu conscience du caractère vulnérable de leur économie. On entend toujours répéter au Japon que 115 millions d'habitants doivent vivre sur un territoire qui a la dimension de la Californie et qui dépend pour ses approvisionnements de sources étrangères incertaines. C'est ce sentiment profond d'insécurité qui explique l'ardeur des Japonais au travail. Il en a aussi un autre que soulignait M. Richard Cyert, Président de l'Université Carnegie Mellon de Pittsburgh : « Cela est bien connu, écrivait-il : lorsque vous n'êtes que le deuxième, il vous faut travailler encore plus pour améliorer cette position. » Le sentiment de vulnérabilité, l' « esprit du n° 2 », voilà ce dont les Français auraient aujourd'hui particulièrement besoin dans l'intense et inexorable compétition mondiale !

A l'Est du Monde *est l'œuvre de jeunes auteurs. Mais leur regard est lucide. De ce regard nous avons davantage besoin que de réformes miracles.*

Que la France évolue dans ses mentalités — et les épreuves qui s'imposent à elle tout comme celles qu'elle s'impose par surcroît y contribuent —, qu'elle soit conduite par un Etat exerçant la plénitude de son autorité dans la sphère de ses propres responsabilités au lieu de la disperser sans logique, sans méthode et sans efficacité dans les domaines les plus variés de la vie nationale, alors elle pourra faire face à tous les défis que l'époque accumule, qu'ils viennent de l'Extrême-Orient ou de tout autre partie du globe.

Raymond Barre

CHAPITRE PREMIER

Autour de l'Amérique

L'océan Atlantique a si longtemps fasciné les cartographes qu'ils n'ont jamais cessé de faire tourner le monde autour de lui. Atlantique, Méditerranée, Europe, autant d'épicentres de ces cartes qui rejettent vers l'extérieur le Pacifique et l'Asie. Instrument et image, la carte révèle une vision atlantique du monde sur laquelle, désormais, beaucoup s'interrogent.

Cependant, les heures s'écoulent : l'Europe ne se fait pas ; personne ne songe à l'imaginer. Elle n'est plus qu'un décor où s'affrontent des théories d'ombres dérisoires. Les peuples rêvent d'un *statu quo* éternel. Mais l'Allemagne devient neutre ; mais on se conforme à la volonté soviétique. Les Américains, lassés des charges impériales, ne dissimulent plus qu'à peine leur désir de quitter le continent ; d'ailleurs, la Californie les gouverne. Le Japon devient la deuxième puissance mondiale, la Corée a réussi son décollage économique, et le niveau de vie d'un Singapourais égale celui d'un Italien. On visitera la France — son arsenal atomique, ses expériences sociales —

comme un musée. On voit toujours la garde à Buckingham Palace. C'en est fini de l'Atlantique.

C'est cette vision, au vrai exagérée, d'un déclin, qui préside aujourd'hui au dialogue que l'Occident entretient avec l'Orient. Les temps ne sont plus ni à la fascination de Malraux, au dégoût de Claudel ou à la soif de Lawrence, ni à la quête du secret des déserts ou des multitudes humaines. Il n'est plus, en Asie, question d'énigmes, mais de réussite ; d'apaisement, mais d'une sorte de frénésie bien semblable à celle que l'Europe a connue autrefois. L'Orient paraît avoir pris de l'Occident ce qui ne lui appartient déjà plus, et fait figure de lointain vainqueur, d'instrument d'un destin qui se dérobe.

L'on évoque donc souvent le basculement du monde de l'Atlantique au Pacifique. Il est certes judicieux d'insister d'une part sur les faiblesses européennes, d'autre part sur le dynamisme du Japon, des nouveaux pays industrialisés, des Etats membres de l'A.S.E.A.N. (1) et des Etats-Unis pour leur partie occidentale ; il l'est moins de décrire, à partir de là, un mouvement inéluctable et universellement déterminant. Il est bien vrai que les Etats riverains du Pacifique prennent une part croissante à la création de la richesse mondiale. On ne peut en inférer pour autant que l'époque qui vient sera celle de leur domination absolue.

Le concept d'« économie-monde » a beaucoup servi à cette extrapolation. Il s'est d'ailleurs transformé au fil des interprétations (2). Sous la forme qui lui a été donnée pour servir de fondement à l'interprétation des faits contemporains, l'analyse en termes d'économie-monde est contestable. Elle semble reposer sur un postulat hasardeux selon lequel un centre organiserait l'ensemble de la planète. Cette idée d'un centre unique, dont l'étendue de la domination et les modalités de déplacement sont à l'évidence impossibles à définir, est largement fausse. En outre, l'extension de l'espace géographique de production et de commerce favorise l'éclatement des réseaux d'échange et la conquête progressive de leur autonomie par les nations. Enfin, il ne faut pas, à l'ère nucléaire, méconnaître l'autonomie du politique. Faire du basculement du monde une simple question de finances et d'échanges, c'est, en ignorant la réalité stratégique, oublier qu'il peut exister un long intervalle de temps entre l'affaiblissement économique et l'affaiblissement moral et diplomatique des Etats.

La vision d'un déplacement inévitable et significatif du centre de gravité mondial de l'Atlantique au Pacifique est donc largement illusoire. L'existence d'une économie mondialisée, l'apparition des moyens de destruction massifs découragent les tentatives plus ou moins habiles de transposition au XXe siècle des schémas du XVIe. C'est inciter les Européens à se soumettre par avance que de leur présenter les changements en cours sous la forme d'évolutions fatales. Le déclin européen, qui n'est que relatif, et la montée du Pacifique, ou d'une partie seulement de celui-ci (3), ne sont que coïncidents. Aussi bien le premier est-il au moins autant stratégique qu'économique. Il n'y a pas d'équilibre global. L'économie mondiale n'est pas un jeu à somme nulle. Le nombre des pays riches, au moins par leur niveau de vie, s'accroît ; l'Europe n'est pas destinée à n'être qu'une région marginale. La coexistence de plusieurs pôles puissants est aisément concevable.

Les deux rivages du monde.

L'évolution présente, née de la naissance du Pacifique, s'ordonne autour de l'Amérique. Chef de file du camp libéral, celle-ci se trouve placée, entre deux mondes, en position de partenaire de chacun d'entre eux, et aussi, le cas échéant, d'arbitre. Cet arbitrage la concerne au premier chef.

L'Amérique est en effet un continent autant qu'un Etat. Sa politique lui sera plus souvent dictée par les impératifs géographiques que par les traditions diplomatiques chères à l'esprit des Européens. Les Etats-Unis sont présents sur les deux rivages du monde, atlantique et pacifique. Ainsi tiennent-ils cette place maritime éminente que les Iles britanniques tenaient autrefois et qui leur a valu ce destin de puissance qu'analysait Mackinder de manière pénétrante (4). Les enseignements qu'il a tirés de l'histoire de la nation dominante du XIXe siècle sont utiles à l'étude de celle qui lui a succédé, l'Amérique, l'« île-continent » (5).

On connaît, de cette « île », les racines européennes. Les grands noms de cette histoire sont présents dans la plupart des mémoires. Kennedy a proclamé, en allemand, devant le Mur de Berlin : « Je suis un Berlinois. » L'histoire, la culture, les intérêts font que les relations de l'Europe et des Etats-Unis, bonnes ou mauvaises, ne peuvent qu'être intimes. Mais les Etats-Unis ont d'autres outre-mer. Hawaii est un Etat de l'Union. Alors que d'Europe, on accède à la Chine par plusieurs écluses, Marseille, Port-Saïd, Singapour, la côte ouest-américaine est de plain-pied avec Shanghai ou Tokyo. L'histoire des Etats-Unis est profondément marquée par l'Asie et le Pacifique. Des relations commerciales furent établies dans les dix dernières années du XVIIᵉ siècle. Huit ans après la déclaration d'Indépendance, des vaisseaux américains abordent en Chine où Portugais, Hollandais, Anglais et Russes les ont précédés. Le commodore Perry rompt, en 1854, l'isolement du Japon en lui imposant, par le traité de Kanagawa, « d'ouvrir sa porte » aux produits et aux influences occidentaux. Son gendre établira la première liaison ferroviaire d'est en ouest du continent américain. C'est sous la présidence de Harrison, à propos du Pacifique — en l'occurrence l'annexion d'une partie des îles Samoa —, qu'à la fin du siècle, les Etats-Unis participeront pour la première fois ouvertement à la politique mondiale. Leurs intérêts dans cette région s'accroissent du fait de l'annexion d'Hawaii (1893) et des Philippines (1898). Ils s'intéressent à la Chine, à l'égard de laquelle la circulaire de 1899 du secrétaire d'Etat Hay recommande aux puissances occidentales de pratiquer, comme au

Japon, la politique de la « porte ouverte ». En 1900, ils prennent une part prépondérante à l'expédition des « Boxers », destinée à la punir des attentats perpétrés, lors d'une révolte populaire, contre les légations du « monde civilisé ». L'influence américaine se développe alors de plus en plus en Extrême-Orient. Le président Roosevelt propose en 1905 ses bons offices pour hâter la conclusion d'un traité de paix entre la Russie et le Japon : il sera signé à Portsmouth. Les nationalistes japonais, s'estimant frustrés de leur victoire, en concevront de l'amertume. Roosevelt, en 1907, amènera cependant à composition un Japon grisé par ses succès coloniaux, de Taiwan aux Mariannes, de la Corée aux Pescadores, en envoyant la flotte américaine autour du monde, en une très explicite démonstration de puissance.

Hay et Roosevelt insistaient déjà, à l'époque, sur l'importance de cette région. Tous deux pensaient que le XXIe siècle serait le siècle du Pacifique. Peu auparavant, William Seward, secrétaire d'Etat de 1861 à 1869, avait écrit : « Le commerce européen, la politique européenne, les activités européennes, de plus en plus intimement liés, verront cependant leur importance diminuer, alors que l'océan Pacifique, avec ses ports, ses îles, son arrière-pays, deviendra le théâtre des plus grands événements mondiaux (6) ».

La politique d'hégémonie menée par l'Amérique se nourrit de ces visions. Elle trouve son symbole, après la Première Guerre mondiale, dans la tenue de la conférence navale à Washington en 1921-1922. Mais c'est à nouveau la tension avec le Japon à travers l'établissement, en 1932, du Mandchoukouo en Mandchourie, et, en 1937, l'attaque de la Chine.

C'est contre le Japon, et non contre l'Allemagne, que les Etats-Unis sont entrés dans le second conflit mondial. Ils continueront de se battre là-bas après que l'Europe a retrouvé la paix. La plus grande bataille navale de l'histoire commence avec la destruction, le 8 décembre 1941, à Pearl Harbor, d'une partie de la flotte américaine ; et c'est en Asie que le monde entre dans l'ère nucléaire, avec les deux explosions, en août 1945, d'Hiroshima et de Nagasaki. La capitulation du Japon marque à ce titre, la fin de l'époque classique des rivalités d'Etat.

L'après-guerre ne verra pas l'intérêt des Etats-Unis diminuer ; ni, loin de là, leurs épreuves. C'est en Asie que, depuis 1945, les U.S.A. ont connu la guerre. De 1950 à 1953, en Corée, où l'Amérique manque de peu d'être entraînée, par la volonté de MacArthur, à user de l'arme atomique contre la Chine ; de 1954 à 1973, en Indochine, où elle connaît la première défaite de son histoire. Le chapitre des mémoires de Kissinger intitulé « Le commencement de la fin » donne, par son ton, la mesure d'une lassitude et d'un doute qui ont, à leur tour, durablement pesé sur l'équilibre mondial (7). Il y aura, d'un autre côté, de spectaculaires réussites : le redressement du Japon, élevé de l'écrasement à la puissance, et la main tendue, avec le plus grand réalisme, à cette Chine que l'on rêvait auparavant de détruire.

L'Amérique connaît ses responsabilités asiatiques. Si elle a paru parfois hésiter à les assumer, elle n'en a jamais vraiment refusé la charge. Peu à peu, d'ailleurs, son fardeau est devenu mondial. Son isolement, sa richesse, sa population d'origine lui avaient fait rêver d'un univers séparé : c'était en vain. Du conseil donné par Washington, dans son célèbre testament, de ne pas prendre part aux querelles extérieures, notamment européennes, elle en vient aux guerres mondiales et au pacte Atlantique. Entre les deux, la déclaration de Monroe rend un son à la fois impérial et anti-impérial. Mais si, jusqu'à la fin du XIXe siècle, l'achèvement du projet national des pères fondateurs est à peu près logiquement poursuivi, à partir de cette date, ainsi que l'a noté Raymond Aron (8), la république se cherche, comme désorientée par l'espace qui s'offre à elle. Elle se cherche dans ce style particulier, empreint de brutalité et de moralisme, qui caractérise son action extérieure; elle se cherche dans l'alternance remarquée de la présence et de l'absence, des temps de la croisade et du repli sur soi. Mais elle s'achemine vers la prééminence. En juin 1948, la résolution Vandenberg autorise le gouvernement américain à conclure en temps de paix des alliances à l'extérieur du continent. C'est une révolution : on se souvient du refus de ratifier le traité de Versailles et des lois de neutralité. L'O.T.A.N. marque cet apogée : c'est un apogée malgré soi. « Le quart de siècle de prééminence fut la sanction — récompense ou punition — de ce que chacun appelle aujourd'hui aberration : la grande puissance ébranle le système autant par le refus de tenir son rang que par l'orgueil de régner (9). »

Puissance politique, puis idéologique, appuyée sur une bonne conscience avantageuse et armée, l'Amérique rejoint son destin. Le monde est peint en blanc et noir : c'est l'incantation, la démonologie de Foster Dulles, les pactes jetés en travers des terres et des mers pour contenir ou refouler l'Ennemi. Mais, dès lors que l'Union soviétique disposerait de la bombe, prévoyait déjà Churchill, la situation se modifierait : d'absolue, la suprématie américaine deviendrait relative. Puis, l'U.R.S.S. atteindrait la parité avec les Etats-Unis. Alors ?

Les négociations sur la limitation des armements stratégiques (S.A.L.T.), fleuron de la politique de « détente », ont consacré l'accession de l'Union soviétique au rang au moins d'égale. La crise économique a frappé l'Occident. Après le Viêt-nam et le Watergate, l'inquiétude est venue. Les Etats-Unis ont cessé d'être la première puissance du monde. Un moment, sous Carter, ils ont même paru vaciller. Sous Reagan, ils ont paru se reprendre. Ils n'en étaient vraiment là ni dans un cas, ni dans l'autre. La fin de la suprématie américaine a entièrement modifié le jeu international. L'attention que les Etats-Unis portent à leurs deux rivages sera donc désormais différente. Ils restent, certes, conscients de leur mission globale. Mais le déclin, même relatif, peut à terme affecter les choix, modifier l'ordre des priorités. Celui-ci dépend, au premier chef, du spectacle qu'offrent ces rivages.

L'ouvert et le fermé.

Aujourd'hui, l'espace Atlantique *et* l'espace Pacifique prennent une part prépondérante à la création de la richesse mondiale. Etablis à leur intersection, les Etats-Unis ne peuvent manquer de comparer les rythmes, de juger des volontés et des destins. L'Europe doit redouter cet arrêt, de quoi dépend à terme la protection américaine. Si les enjeux de la protection sont différents, les coûts de la protection le sont aussi ; la fluidité de la région du Pacifique, où la rupture sino-soviétique a divisé l'adversaire et redonné son sens à l'ancien jeu des combinaisons de puissances, contraste avec la viscosité d'une Europe figée dans cet affrontement direct auquel l'Amérique prend une part de plus en plus importante.

L'ambition soviétique pourrait, en ces temps d'incertitude occidentale, faire pencher la balance. Les Etats-Unis renonceraient et, adaptant leurs choix stratégiques au nouvel ordre économique du monde, laisseraient l'Europe au Kremlin. Lors d'un nouveau Yalta, ils précipiteraient donc le cours des choses en introduisant par effraction l'avenir dans le présent. A la longue, on oublierait bien que la fatigue avait dicté le geste : resteraient la puissance et la gloire, et des lendemains nouveaux.

On mesure bien ce qu'un tel scénario a de théorique. Un Etat aux responsabilités mondiales n'en rejette pas d'un coup la charge en se fondant sur une balance approximative des coûts et des avantages. La politique étrangère de l'Amérique n'est jamais ni si conceptuelle, ni si machiavélique (10). Lequel de ses dirigeants oserait forcer à ce point le destin, à partir seulement des premiers signes, d'interprétation difficile, de mouvements lents et complexes ? D'ailleurs, les Etats-Unis ne désespèrent sans doute pas encore de l'Europe, et ne peuvent se résoudre à déchirer en une fois le tissu d'une longue histoire commune ; ils conservent en Europe de grands intérêts et ont en outre subi trop de reculs. De même, les incertitudes immédiates de leur politique asiatique témoignent de la difficulté d'accompagner, d'organiser une évolution qu'on pressent, mais dont on commence à peine de mesurer l'ampleur. En outre, l'Amérique latine, l'Afrique, le Golfe, requièrent toujours une attention vigilante.

Il ne saurait donc être question d'imaginer une Amérique faisant choix du Pacifique au détriment des autres parties du globe (11). Il reste que l'évolution qui se dessine ne peut manquer d'affecter, à terme, les priorités américaines. Derrière les erreurs et les contradictions, une symbolique différente apparaît. Le monde atlantique y figure au titre du passé ; le monde pacifique, au titre de l'avenir. Les prédictions de Roosevelt et de Hay reviennent à l'esprit. L'Amérique regarde à l'Ouest — n'est-ce pas encore une nouvelle frontière ? — et y puise des raisons d'espérer, cependant que l'Europe, sur laquelle pèse l'étrange menace d'un abandon et d'une conquête également diffus, observe à peine et ne témoigne plus.

Les Etats-Unis ne puiseront pas dans ce

nouvel intérêt pour le Pacifique des raisons d'abandonner immédiatement l'Europe. Mais il faut bien comprendre qu'ils verront de moins en moins l'utilité de s'opposer à sa mise sous tutelle. Là est le véritable danger : dans cette menace insensible, étrange, indirecte, qui ne se précisera qu'au fil des années. Car l'Amérique continuera d'arbitrer entre ses intérêts, de défendre ses valeurs, d'assumer son fardeau ; mais elle exercera, chaque jour plus différemment, sa puissance. On distinguera mal, d'abord, les manifestations de ce glissement vers « l'autre moitié du monde ». C'est qu'elle continuera d'intervenir ailleurs. Mais sa pensée désertera lentement l'Europe et l'Atlantique, et, avec elle, la plupart des courants de l'échange et du pouvoir.

Le vieux continent sera alors mûr pour la servitude. Il l'était devenu bien avant. L'Europe, qui n'avait pas voulu exister, se former, agir — seuls moyens de retenir l'Amérique dans une alliance transformée —, subira la volonté soviétique. Celle-ci se montrera sans doute subtile, utilitaire. Elle ne conjurera pas pour autant les démons de l'échec. L'Europe annexée, l'Amérique rejetée vers l'autre rive, alors, oui, le monde aura changé. Il suffira d'en dessiner, de Los Angeles à Tokyo, de nouvelles cartes, autour du Pacifique.

Peu importe que l'ordre Pacifique nouveau soit capitaliste et serve l'Amérique, qu'il soit nourri des techniques et des savoirs occidentaux et qu'il ait hérité de civilisations anciennes et prestigieuses. Il faut regretter de voir l'Europe impuissante. Il faut craindre que l'Europe disparaisse — et la France avec elle.

Tout procède ici d'une carence politique, qui est dérobade face à la destinée. Malgré sa puissance précise, écrit Malraux, le soir européen est vide, vide comme une âme de conquérant (12). Le refus d'expliquer les nécessités de l'adaptation, de faire admettre la rigueur, précipite le déclin. L'accession brutale à la scène économique mondiale des nations du Pacifique ne rejette pas nécessairement l'Europe dans le passé. Un monde organisé entre plusieurs pôles économiques à forte cohérence interne et développant entre eux une division horizontale du travail est tout à fait concevable. Mais tout se tient : si l'Europe veut concourir à la construction d'un tel monde, elle doit répudier tutelles, protectorats, finlandisation, neutralisme, en revenir aux lois de la concurrence ; elle doit se reconnaître pour exister : savoir ce qu'elle veut d'elle-même et pour elle-même, savoir au nom de quoi l'effort doit être poursuivi. Telle est bien la première leçon du Pacifique.

L'Europe doit donc s'inquiéter de la prospérité du Pacifique comme de sa stabilité, et s'inspirer de son exemple. Sans cultiver d'illusions sur les fragilités de cette région, elle doit imaginer les voies de son propre redressement.

CHAPITRE II

La richesse des nations

L'Europe n'a jamais eu du monde Pacifique qu'une vision réduite et déformée. L'analyse de ses spécialistes de l'Asie s'est le plus souvent bornée au Japon ou à la Chine ; les autres pays de cette région restaient noyés dans une brume coloniale empreinte, comme les romans de Somerset Maugham, de supériorité blanche et de désœuvrement. La Corée du Sud, Singapour ou l'Indonésie faisaient figure de terres inconnues. A tout le moins ne pensait-on pas, pour peu qu'on les étudiât, que ces Etats pussent menacer, fût-ce indirectement, la prééminence économique de l'Occident.

Le Japon, quant à lui, sert aux Européens d'étalon pour mesurer leur déclin. Mais la comparaison s'accompagne d'une affectation de mépris. A tous les niveaux de la société, on se gausse depuis longtemps de cette ardeur dans l'imitation, de ce grégarisme, de cette naïveté qui paraissent caractériser l'esprit japonais. Il y a plus, dans ce dénigrement, qu'une forme traditionnelle de xénophobie. Il s'agit du malaise qu'éprouvent les héritiers d'une civilisation qui se voit dépassée par ce qu'elle croit être une simple culture fondée sur la notion, jugée primitive, du profit, c'est-à-dire de l'argent. Ainsi les Grecs ont-ils dédaigné les Romains, et, plus récemment, les Anglais, les Américains (1). D'anciennes supériorités s'effritent, que l'arrogance de leurs détenteurs ne suffira pas à restaurer.

L'écart économique se creuse, en effet, suscitant d'étonnantes attitudes. Les chefs d'Etat se succèdent à Tokyo pour demander aux Japonais de ralentir leurs exportations et de prendre à leur charge une part du déficit causé par la crise pétrolière. A ce jeu où les derniers de la classe se relaient pour implorer le premier, la France ne se distingue guère de la Hollande et du Portugal. Ses dirigeants actuels obtiendront que soient réduits les droits sur le cognac et ceux sur la farine pour les croissants. L'honneur est sauf, à défaut du prestige.

Comment s'accommoder d'une telle situation ? Comment prétendre, pour l'Europe, intervenir encore dans les affaires du monde tout en renonçant à disposer des moyens d'une telle intervention — c'est-à-dire d'une solidité économique minimale ? Il est temps de mesurer la réalité contemporaine, qui est celle de l'émergence, dans le Pacifique, d'une puissance nouvelle qui vient contester avec succès la prééminence des anciens pays industrialisés. La Corée, Singapour ou la Malaisie participent, à l'instar du Japon, à ce mouvement. Il ne convient pas pour autant d'adopter, dans l'affolement, un « modèle » japonais ou coréen, mais d'apprécier les atouts que détiennent ces rivaux, de déceler leurs faiblesses, de les rejoindre enfin sur le terrain du combat. La place revient donc en premier lieu à l'analyse.

Mesurer la puissance n'est pas chose facile. L'instrument statistique s'est certes particulièrement enrichi depuis la Seconde Guerre mondiale, mais nul ne parvient encore à évaluer exactement ce qu'Adam Smith appelait la richesse des nations. Il peut dès lors paraître hasardeux de vouloir décrire, par le seul biais des chiffres, les relations de pouvoir qui s'établissent entre les partenaires économiques mondiaux. Les évolutions, rapides et marquées, de la région du Pacifique sont cependant aisément repérables. Quelques idées simples peuvent en rendre compte.

Idées simples.

Du premier contact avec les réalités économiques pacifiques naît l'étonnement devant des taux de croissance si élevés. Le vocabulaire utilisé pour les décrire relève, selon les goûts des auteurs, de la vulcanologie — explosion, pulvérisation — ou du mysticisme — phénomène, miracle. Il est clair en effet que la zone regroupe, à peu d'exceptions près, les économies les plus dynamiques du monde, qu'elles soient, selon la nomenclature de la Banque mondiale, développées, semi-développées ou en voie de développement (2).

Le Japon donne un exemple saisissant de ce dynamisme. A la fin de la décennie 1980, il aura doublé l'U.R.S.S., devenant la deuxième puissance économique mondiale ; son accession à la maturité industrielle n'a pas diminué son potentiel de croissance, qui fut encore de 5 % en 1980 et reste en permanence plus élevé que celui de ses concurrents américains ou européens.

Quant aux nouveaux pays industrialisés (les « N.P.I. »), derniers venus dans le club des économies à succès, ils font preuve d'une ardeur surprenante : la Corée a connu une croissance de 10 % en moyenne ces 20 dernières années, atteignant son plus fort taux en 1973 avec 17,1 % ; sur la même période, le taux de croissance annuel des industries mécaniques y fut de 40 % et les exportations de produits manufacturés furent multipliées par 150. De telles données sont valables, dans une proportion un peu plus faible, pour Hong Kong, Singapour et Taiwan. Les pays les moins développés — Indo-nésie, Philippines, Thaïlande, Malaisie — ont, eux, connu des taux de croissance d'environ 5 % ; ce dernier Etat est parvenu à maintenir le sien autour de 8 % durant ces dernières années.

Le premier constat témoigne des progrès d'une région où tous les pays croissent plus vite qu'au taux de 6 % recommandé par les institutions internationales pour la seconde décennie du développement. Si la crise mondiale ne remet pas en cause ces progrès, si elle a pu, d'une année sur l'autre, les freiner, l'examen de séries historiques révèle, de la part des pays du Pacifique, une très grande capacité à résister aux chocs et à reprendre le chemin de la croissance. Si le produit national brut (P.N.B.)

de la Corée du Sud baisse de 6,2 % en 1980, il croît de 8 % en 1981 ; ainsi le taux malaisien, qui n'était que de 3,5 % en 1975 (3), remonte à 11,1 % l'année suivante. De tels retours, systématiques et pratiquement immédiats, à un équilibre dynamique, sont la preuve de l'existence d'une éminente capacité d'entreprendre, au sens le plus large du terme, qui laisse, pour ces pays, augurer favorablement de l'avenir. Pour la décennie 1980-1990, la Chase Econometrics, organisme d'études de la Chase Manhattan Bank, proposait d'ailleurs, dans son estimation de la croissance des Etats de la zone, des taux de 9 % à Singapour, 7 % en Corée du Sud, 5,8 % aux Philippines, 4,7 % au Japon. Sur la même période, l'Europe ne dépassera probablement pas 2 %.

Les Européens ne semblent guère avoir pris conscience qu'à ce rythme, ils seront bientôt rattrapés : en 1963, la Grande-Bretagne était, en termes de P.N.B., six fois plus riche que la Corée du Sud, mais en 1977, elle ne l'était plus que trois fois. Toutes ces données montrent que la croissance se localise désormais dans le Pacifique, et plus précisément dans le Pacifique nord : chacun des pays de cette zone y concourt par son propre dynamisme, fondé tant sur son marché intérieur que sur la demande extérieure. L'analyse de la zone en tant que telle suppose donc également une étude des flux commerciaux et des effets de domination qui en découlent ou qu'ils révèlent.

La crise pétrolière s'est en effet traduite, au niveau mondial, par l'apparition d'un excédent durable de la balance commerciale des pays producteurs de pétrole. Ne disposant pour l'heure, en raison de leurs faibles populations, que d'une capacité d'importation réduite, ces pays n'ont pu acheter aux autres l'équivalent de ce qu'ils prélevaient grâce à la facture pétrolière. Dès lors, le jeu économique, depuis 1973-1974, consiste pour les pays du monde « hors O.P.E.P. » à prendre le moins possible part au déficit « hors O.P.E.P. » et à en faire supporter le maximum aux pays concurrents (4).

Au cours des dix dernières années, l'évolution des soldes des balances commerciales des pays reflète bien leur capacité à s'adapter à un contexte nouveau, en en subissant les contraintes ou en les rejetant sur d'autres. Ce n'est pas pour autant, bien sûr, qu'il faille assimiler excédent commercial et supériorité économique : on ne peut oublier la multiplicité des échanges. Mais le raisonnement par zones, qui est le plus approprié, permet de dégager, pour les N.P.I. d'Asie et pour le Japon, les U.S.A. et l'Europe, les traits d'évolution dont la divergence même est significative.

Le Japon enregistre dès avant 1973 une amélioration continue de son solde manufacturier; depuis 1974, il est en excédent avec tous les pays du monde, hormis bien sûr ceux de l'O.P.E.P. L'aptitude du Japon à renforcer sa domination, y compris sur ses partenaires industrialisés, est évidente. L'intérêt des marchés de ces derniers reste considérable : la solvabilité financière, la stabilité de l'évolution des pays en cause constituent de très appréciables garanties. Il ne fait de mystère pour personne qu'une exportation vers l'Europe est plus « sûre » qu'une exportation vers des pays dangereusement endettés. Le Japon a choisi la voie la plus difficile, qui est aussi la plus bénéfique. Sa performance est d'autant plus remarquable que sur la période, la part de l'activité nationale consacrée à l'exportation n'a presque pas changé. L'image d'un Japon se consacrant sans répit à inonder le marché mondial de ses produits est donc fausse : c'est par le seul effet mécanique d'un pourcentage fixe appliqué à une activité en croissance très rapide que la part du Japon dans le commerce mondial s'accroît. Il n'y a d'ailleurs rien là qui puisse rassurer les Européens : il suffit d'imaginer ce que seraient les exportations japonaises si le Japon venait, à l'instar de la France, à y consacrer le quart de son travail, soit près du double de son taux actuel.

Le dernier facteur expliquant sa supériorité est, enfin, la baisse des taux d'importation depuis 1974 : le Japon est capable de reconquérir ou de maîtriser parfaitement son marché intérieur au moment des crises, ce qui permet à l'évidence de prévenir toute détérioration durable du solde de ses échanges. La supériorité japonaise sur l'ensemble de ses partenaires depuis 1974 est donc bien éclatante. Elle s'appuie sur une très grande compétitivité et sur les fortes positions acquises dès 1973 sur les marchés qui furent les plus porteurs au cours de la période. Il serait bien commode pour les Européens que ces performances procédassent d'on ne sait quel miracle, circonscrit à l'archipel. Bien des relâchements s'en trouveraient justifiés. Mais le miracle n'existe pas, comme le montre l'exemple, assez similaire, des nouveaux pays industrialisés d'Asie.

La Corée du Sud, Taiwan, Singapour et Hong Kong ne partent certes pas sur les mêmes bases que le Japon. Confrontés aux nécessités de l'industrialisation, ils sont obligés d'importer massivement des biens d'équipement et des produits semi-finis, qui viennent s'ajouter aux matières premières dont ils sont dépourvus. Le déficit revêt donc pour eux le caractère d'une donnée permanente, derrière laquelle se dessinent pourtant des évolutions favorables qui tiennent à une stratégie globale d'attaque de tous les marchés étrangers. Leurs performances sont encore plus spectaculaires que les performances japonaises : à partir de 1977, ils sont excédentaires sur les Etats-Unis, établissent un quasi-équilibre avec l'Europe, s'engagent massivement sur les marchés de l'O.P.E.P. En 1981, le Moyen-Orient représentait 15 % des exportations coréennes. En 1980, les seuls contrats de construction et de travaux publics avaient rapporté à la Corée du Sud 8,5 milliards de dollars (5). Ces succès, exclusivement dus à des gains en parts de marché, sont l'indice d'une très grande compétitivité. Les N.P.I. ne subissent de déficits très importants qu'avec l'O.P.E.P. et le Japon : après avoir conquis leur place aux Etats-Unis, où 45 % du marché de la télévision leur appartient aujourd'hui, contre 12 % en 1970, ils menacent l'Europe, tant chez elle en profitant de la baisse relative du commerce intra-européen que sur ses marchés, autrefois privilégiés, de l'Afrique ou de l'Europe périphérique. Ce dynamisme à l'exportation n'entraîne pas *ipso facto,* on le verra, un accroissement des liens de dépendance ; à l'instar du Japon, les nouveaux pays industrialisés substituent peu à peu leur propre production à leurs importations, et, sans briser pour autant leur croissance, contiennent ainsi leur part dans les importations mondiales.

On mesure mal encore les conséquences de cette étonnante aptitude au jeu économique international. Au moins peut-on considérer, sans grand risque d'erreur, qu'elle tend à modifier sensiblement les courants du pouvoir. De telles évolutions, favorables pour les uns, sont inquiétantes pour les autres : d'abord pour les pays en voie de développement, qui prennent la part la plus lourde du « déficit pétrolier », mais aussi pour les Etats-Unis et pour l'Europe.

Entre le début des années 1960 et la fin des années 1979, les U.S.A. passent du premier au dernier rang de la hiérarchie des soldes commerciaux tous produits compris, et sont, dans le Pacifique, déficitaires tant à l'égard des N.P.I. que du Japon. Et si l'Europe maintient ses positions, c'est par un repli insidieux, dissimulé, des marchés sûrs — ceux des pays industrialisés — sur des marchés à risque — ceux des pays en voie de développement. La France offre malheureusement l'exemple de cette politique de la fatigue que les lois de la compétition vouent à l'échec.

On peut tirer de nombreuses leçons de ce survol des soldes commerciaux. Il permet en premier lieu de conclure à l'existence d'une relation triangulaire entre les N.P.I. d'Asie, le

Japon et les U.S.A., dans laquelle ces derniers servent de marché d'exportation privilégié aux deux autres et compensent leur déficit global par un excédent sur la C.E.E. Quant à l'Asie, son évolution est évidemment marquée par l'excédent structurel du Japon sur les N.P.I., à qui il donne les moyens d'une croissance dont il profite. Par ailleurs, le décollage de nombre de ces derniers se traduit par une poussée à l'exportation de produits industriels, facilitée par une maturité économique certaine sur des marchés où l'exigence de la qualité est forte. Enfin et surtout, l'Europe, dont on voit mal qu'elle puisse atteindre à l'autonomie politique en s'abstenant de l'effort économique, ne peut vivre dans l'illusion de l'existence de marchés privilégiés. Menacée dans sa liberté par un trop puissant voisin, l'Europe l'est dans sa prospérité par de lointains concurrents. C'est que la stratégie économique des pays du monde Pacifique est une stragégie globale. Si elle s'appuie sur une intégration prometteuse, elle est avant tout dirigée vers l'extérieur. Il est temps pour l'Europe de prendre la mesure du défi.

Modèles et miracles.

La menace que le monde Pacifique fait peser sur l'Europe tient autant à la puissance japonaise qu'à l'apparition brutale de ces nouveaux pays industrialisés dont le nombre pourrait d'ailleurs augmenter, les meilleurs experts prêtant à la Malaisie, voire à l'Indonésie, vocation à décoller économiquement. L'analyse d'une expansion si remarquable permet d'aborder sur le vif l'expérience de pays qui sont sortis du sous-développement et peuvent à ce titre servir de référence ; à l'heure où chacun s'inquiète de l'écart qui sépare le Nord et le Sud, et des conséquences, pour l'équilibre mondial, de la misère et de la faim, un tel exercice n'est pas dépourvu de toute portée.

Dans son dernier rapport (6), la Banque mondiale soulignait les bienfaits de l'ouverture sur l'extérieur et citait en exemple les N.P.I. d'Asie. Cette institution prenait ainsi directement position dans un débat qui, depuis près de vingt ans, divise les spécialistes. Les uns recommandent aux pays sous-développés de pratiquer la « substitution aux importations », les autres prônent une « croissance tirée par les exportations ». La première solution conduit à encourager la création d'industries locales dont les fabrications, vendues sur le marché intérieur même, remplaceront peu à peu les produits importés. On attend d'un tel mécanisme des conséquences immédiatement favorables : des emplois sont créés, la balance commerciale est soulagée. Il permet en outre de se conformer aux impératifs d'indépendance et de prestige auxquels les jeunes nations sont particulièrement attachées. Ce type de politique s'accompagne de l'instauration d'un tarif douanier élevé, destiné à protéger de la concurrence extérieure les industries locales naissantes. Dans le schéma idéal, les droits de douane sont ensuite progressivement abaissés au fur et à mesure du renforcement de ces industries, qui peuvent bientôt combattre à égalité de prix avec les firmes étrangères.

Ces vues furent très largement partagées dans les années 1950 et 1960. Elles sont au départ, aujourd'hui encore, des doctrines indonésienne et philippine. La Malaisie ne s'en est éloignée qu'en 1972. Cette politique n'a cependant pas donné les résultats escomptés : les industries protégées se sont le plus souvent montrées inefficaces et par conséquent incapables de créer des emplois et de distribuer les salaires qui auraient soutenu la demande. Les sérieuses difficultés de l'Indonésie, dont les exportations non pétrolières sont en baisse depuis deux ans, dérivent en partie d'une attitude qui est, au fond, de crainte de la concurrence. Ces mécomptes n'ont pourtant pas réduit au silence les zélateurs, responsables économiques du tiers monde ou théoriciens de la croissance, d'un développement autocentré considéré comme seul susceptible de préserver l'indépendance d'un pays en en soustrayant l'activité à l'application des lois du capitalisme international. On peut rêver de pouvoir compter un jour sur ses propres forces, selon le slogan maoïste ; mais le meilleur moyen d'y parvenir n'est pas de s'enfermer. L'exemple des nouveaux pays industrialisés d'Asie illustre, pour ceux qui en doutaient encore, la validité de la doctrine de la croissance « tirée par les exportations ».

Les N.P.I. ont en effet résolument adopté ce mode de développement. La part de leurs exportations dans leur P.N.B. a considérablement augmenté, montrant que leur ouverture sur l'extérieur est très large : 33 % pour la Corée du Sud, 55 % pour Taiwan, 92 % pour Hong Kong, 229 % pour Singapour qui joue, il est vrai, un rôle d'entrepôt pour la région. Les pays moins développés de celle-ci n'ont, comme la Malaisie, de cesse d'accroître la part de leurs exportations : elle est de 65 % pour ce dernier Etat, de 35 % pour l'Indonésie, de 25 % pour la Thaïlande et les Philippines (7). L'ouverture sur l'extérieur n'est cependant pas suffisante en soi. Elle ne garantit pas nécessairement le succès. Certains pays en voie de développement, notamment parmi les plus pauvres, très ouverts sur l'extérieur, demeurent extrêmement fragiles : leurs exportations se trouvent concentrées sur un seul produit, ouvrier ou agricole, et leurs ressources et leur niveau de vie dépendent étroitement des fluctuations des cours des matières premières. Dans un tel contexte, la planification des investissements, pourtant indispensable, n'est guère concevable. Avertis de ce risque, les N.P.I. entendent accroître peu à peu la part des produits industriels dans leurs exportations, afin d'en enrichir le contenu en valeur ajoutée : leur stratégie vise d'abord à acheter, grâce aux revenus tirés des ventes aux pays étrangers, les machines et les techniques qui serviront à l'industrie affectée à l'exportation. La part des produits industriels dans les exportations augmentant, le pays se trouve libéré des contraintes liées à la concentration des exportations sur un seul produit. Le contenu de ces dernières s'enrichit. Un véritable « cercle vertueux » commence alors d'être dessiné.

Il ne faut pas pour autant sous-estimer les risques d'un tel comportement. La part des exportations industrielles dans les exportations totales est en effet liée au niveau de développement atteint par chacun des pays. De 1969 à 1978, le taux est passé de 6 à 21 % en Malaisie et de 4 à 34 % aux Philippines. Il était, cette dernière année, de 89 % en Corée du Sud et de 46 % à Singapour. Ainsi se trouve confirmée l'idée générale selon laquelle l'exportation de produits manufacturés est, de manière constante dans l'histoire du capitalisme (8), l'un des éléments déterminants de la croissance. Il y a loin toutefois de la théorie à la pratique. Pour recueillir les fruits d'une exacte application de la première, les dirigeants des pays concernés doivent faire la preuve d'une très grande capacité à bien utiliser les retombées de la croissance des exportations.

Le risque majeur, trop souvent évoqué pour qu'on y insiste, est celui du dualisme de l'économie. Un même pays voit ses structures se diviser : le secteur exportateur, aux mains des multinationales intéressées, le plus souvent, par le faible coût de la main-d'œuvre, ne profite pas au reste de l'économie ; ses revenus sont en effet rapatriés dans le pays d'origine de ces multinationales. Un ouvrage récent (9) a fort opportunément décrit, à ce titre, la floraison des zones franches dans cette Asie du Sud-Est dont elles sont d'ailleurs la terre d'élection. La zone franche est une enclave dans un territoire national sur laquelle s'installent des industriels étrangers qui y importent, libres de tout droit de douane, matières premières et produits semi-finis afin de fabriquer, de transformer ou d'assembler des marchandises destinées à l'exportation. La docilité et le faible coût de la main-d'œuvre, les exemptions d'impôts y sont autant d'avantages. Une telle zone est créée en 1965 à Taiwan, en 1970 en Corée. On en compte aujourd'hui 9 en Corée du Sud, autant à Hong Kong, 14 à Singapour, 5 en Malaisie. Déjà, pourtant, elles tendent à disparaître d'une Asie où les salaires s'élèvent, pour s'établir en Inde ou au Bangladesh. Le danger n'est ainsi pas tant dans l'existence d'une zone franche, puisque les pays qui veulent se développer ne peuvent éviter d'attirer les capitaux étrangers en leur offrant des perspectives de profit suffisantes, que dans son maintien. Celui-ci atteste l'incapacité à constituer une industrie et un marché locaux. L'exemple de l'Indonésie, tant étudié par les théoriciens du dualisme, est particulièrement significatif. Sa position de producteur de pétrole lui offre un avantage exorbitant : 61 % des recettes budgétaires sont d'origine pétrolière ; mais l'emprise du secteur pétrolier sur l'économie indonésienne est préoccupante, aucune diversification des exportations n'a été poursuivie et, surtout, la priorité a constamment été donnée à des industries nouvelles très peu utilisatrices de main-d'œuvre, dont l'existence ne permet ni d'augmenter sensiblement les revenus de la population, ni d'employer les deux millions de jeunes supplémentaires qui se présentent chaque année sur le marché du travail. Ces erreurs de planification et de politique économiques expliquent pour une large part le retard pris par l'Indonésie. Elles soulignent *a contrario* la nécessité d'un marché intérieur important.

Obnubilés par les succès à l'exportation des nouveaux pays industrialisés, trop d'observateurs oublient en effet le rôle joué par leur marché intérieur dans le processus de croissance. Le développement d'une économie nationale se mesure également à la capacité d'absorption de ses propres produits : le thème français de la reconquête du marché intérieur n'est, à cet égard, en rien déplacé. Dans le cas particulier des pays en voie de développement, « marché intérieur » signifie, très concrètement, revenus accrus et emplois stables. On comprend dès lors la tentation, éprouvée par les dirigeants de plusieurs pays, d'adopter la politique de substitution des importations qui, en apparence, privilégiait seule le marché intérieur dont le développement faisait figure tout à la fois de moyen et d'objectif. En réalité, les deux politiques, que la théorie oppose, convergent vers le développement du marché intérieur. L'ouverture sur l'extérieur des nouveaux pays industrialisés ne les a pas empêchés, en effet, de maintenir des tarifs douaniers assez élevés : Taiwan prélève un droit de 100 % sur les fibres synthétiques, tout comme la Corée du Sud sur les vêtements de femmes. Au sein de l'A.S.E.A.N., Singapour fait l'objet de vives critiques dirigées contre les tarifs douaniers jugés prohibitifs qu'elle impose à la plupart des produits industriels qu'elle fabrique elle-même.

Le débat entre la substitution des importations et la croissance par les exportations est donc un débat très largement manichéen. Les expériences, réussies ou manquées, montrent que les pays en voie de développement ont tout intérêt à affecter le plus possible leurs forces productives à l'exportation pour pouvoir acquérir les techniques et les équipements nécessaires à leur croissance. L'ouverture sur l'extérieur n'est pas le seul vecteur du développement ; celui-ci doit aussi s'appuyer sur le marché intérieur. L'économie japonaise n'était ainsi ouverte sur l'étranger que pour 3,1 % de son activité en 1879 ; ce taux atteignit 23,8 % en 1939 pour diminuer jusqu'à 10-11 % de nos jours. De même la taille d'un pays, et plus particulièrement sa puissance démographique, apparaissent déterminantes : les industries de Singapour, de Hong Kong et, à un moindre degré, de la Corée du Sud et de Taiwan, ne peuvent à l'évidence espérer vendre autant de produits que les industries américaines qui s'adressent à un public trois fois plus nombreux. Les effets, bénéfiques sur les coûts, de la production de masse sont réduits. Les nouvelles industries pourraient périr de l'absence de débouchés immédiats. Ainsi la taille de ces pays les voue-t-elle à exporter : ils trouvent dans la demande étrangère le complément d'une demande nationale trop étroite.

Le but ultime n'est donc pas le développement des exportations, mais l'enrichissement national et, par conséquent, l'élargissement du marché intérieur. La croissance des exportations est le moyen le plus sûr de l'atteindre, surtout lorsqu'il est au départ de stratégies de remontée des filières. Ces stratégies, communes à plusieurs nouveaux pays industrialisés, sont un élément décisif de leur nouvelle prospérité.

L'idée de base est d'exporter d'abord les produits d'une filière — textile ou électronique — sur laquelle le pays en cause dispose d'avantages substantiels, c'est-à-dire qui demande peu de capital et utilise une main-d'œuvre peu coûteuse. Les ressources tirées de ces exportations sont affectées à l'achat et à l'importation des techniques et équipements permettant de produire un peu en amont de ces produits et de créer, peu à peu, un réseau de production beaucoup plus dense. Le cas de la filière textile est à ce titre très instructif. A la fin des années 1950, la Corée était importatrice nette de produits textiles, mais en 1968, ils représentaient 50 % de ses exportations totales. Les premières exportations coréennes de produits textiles ont porté sur des vêtements confectionnés à partir de tissus, de fils ou de fibres importés. La Corée a ensuite investi dans les fibres synthétiques : en 1963, elle produit du nylon, en 1965 de l'acrylique, en 1968 du polyester. Corrélativement, l'importation de ces biens diminue considérablement, passant de 90 % en 1960 à 10 % en 1975. Des fibres synthétiques, la Corée en vient alors à la pétrochimie, fabriquant polyester, acrylonitryle et caprolactane, puis elle se consacre aux machines textiles, dont les exportations sont multipliées par sept de 1971 à 1975 ; elle finira par vendre des usines textiles « clé en main » au Bangladesh et au Soudan.

Il faut insister sur cette remarquable aptitude des nouveaux pays industrialisés à saisir leur chance, et, améliorant sans cesse leur propre production, à substituer aux importations — payées par des exportations — production nationale puis exportations, selon un schéma que M. Akamatsu (10) a élégamment qualifié de développement « en vol d'oies sauvages ». Les succès ainsi remportés, qui sont des succès du discernement et de la volonté, sont autant de réponses à la critique, répandue chez les auteurs marxistes, de l'approfondissement de la dépendance.

Selon l'analyse marxiste, le sous-développement est un produit du développement des pays capitalistes. Comme autrefois les métropoles de leurs colonies, les pays industrialisés tireraient quantité de bénéfices des pays en voie de développement par le biais tant de la dégradation des termes de l'échange que de l'implantation d'usines, souvent appelées « filiales-ateliers », de firmes multinationales. L'ascension de certains pays en voie de développement vient infirmer cette conception de l'ordre économique international ; les exploités, en utilisant intelligemment le processus de production capitaliste et surtout les lois du marché, peuvent assurer leur indépendance et contester la supériorité des exploiteurs. La comparaison des deux Corées montre très clairement où se situe, à cet égard, l'efficience. L'analyse marxiste s'est alors efforcée, non sans succès, de démontrer que la croissance des nouveaux pays industrialisés s'appuyait sur des filières et des marchés dont ils ne maîtrisaient ni les techniques, ni même une part importante des composants. Les N.P.I. ne seraient ainsi que des ateliers d'assemblage de pièces qu'ils ne pourraient ni produire ni même imaginer.

Cette critique sera de moins en moins fondée : l'un des objectifs principaux des gouvernements de ces pays est en effet d'accroître la part de la production locale dans la production finale : la Corée entend ainsi la porter, pour la construction navale, de 40 à 90 % au cours des dix prochaines années. La faiblesse de l'analyse marxiste tient là à son côté statique. Le souci d'une explication globale conduit à considérer comme permanentes des situations qui peuvent n'être, comme ici, que temporaires. L'accroissement de la part locale suppose un apprentissage progressif. La dépendance d'un jour prélude alors à l'indépendance du lendemain. Les Japonais le savent bien, qui ont dû refuser en 1981 la vente de nouveaux brevets au complexe sidérurgique de Pohang en Corée, dont chacun avait, au moment du lancement, critiqué la taille excessive et qui menace aujourd'hui la suprématie japonaise en matière de produits très sophistiqués sortis des laminoirs. Les industriels nippons paraissent désormais réticents à transférer des technologies : ils savent que les pays en voie de développement peuvent, comme le Japon lui-même l'avait fait à l'époque de Meiji, s'approprier les techniques et maîtriser tôt ou tard les processus de production.

Il n'y a pas, en réalité, de logique du système capitaliste qui conduirait inéluctablement les pauvres à s'appauvrir. Il n'y a pas de mécanisme fatal auquel des pays conscients et déterminés ne pourraient échapper. L'habileté stratégique de ces Etats montants de l'Asie en témoigne. Déjà, Taiwan et la Corée du Sud cherchent à rapatrier leurs intelligences qui, formées le plus souvent dans les universités américaines, élaboreront les technologies nationales. Aux abords de Hsinchu à Taiwan, et de Séoul en Corée, des cités scientifiques se créent. Les délais durant lesquels les pays industrialisés restent seuls maîtres d'une innovation se réduisent. Il n'est de dépendance que consentie.

Une telle vision ne relève pas d'un optimisme exagéré. L'exemple des N.P.I. d'Asie indique que l'insertion dans le commerce international et le respect des règles du marché, s'ils peuvent aboutir à placer pour un temps les pays en voie de développement sous la domination des multinationales ou des pays développés, sont les voies de la croissance. Sans doute sont-elles semées d'obstacles de diverses natures. Les petits pays doivent en particulier consentir plus d'efforts que les grands ; mais, comme l'écrivait avec justesse un auteur hongrois peu suspect d'adhésion à la philosophie libérale, « la réussite du développement national exige de faire des sacrifices en se soumettant à un degré plus grand de dépendance. C'est la contrepartie des avantages et il n'est pas du tout certain qu'elle soit trop élevée » (11). L'acceptation par les nations des règles du marché mondial et d'un mode de développement « capitaliste », en tant qu'il se fonde sur l'avantage comparatif et le profit, est un gage de succès. Ce succès lui-même dément la validité des thèses selon lesquelles les nantis le resteraient pour toujours. Comme tel, il inquiète les riches et peut guider les plus démunis.

Pays en développement.

Ces pays ont beaucoup à offrir à la région tout entière. Ils sont en premier lieu pourvoyeurs de matières premières, dont ils produisent beaucoup et consomment peu. Leurs ventes à l'étranger sont d'ailleurs concentrées sur quelques produits agricoles ou énergétiques : le pétrole pour l'Indonésie, le caoutchouc, l'étain et le pétrole pour la Malaisie, le sucre et les métaux ferreux pour les Philippines, le sucre, le riz et le maïs pour la Thaïlande. Même si, conséquence de l'industrialisation, la part de ces produits dans les recettes d'exportations va diminuant, la zone Pacifique est capable de trouver en elle-même les moyens d'une large indépendance — excepté sans doute pour le pétrole. Il n'est pas indifférent que les tenants du projet de communauté du Pacifique aient consacré beaucoup d'efforts à imaginer d'organiser l'autosuffisance de cette région du monde, ou, au moins, une utilisation maximale de ses ressources ; car les perspectives, même en excluant la Chine — 3 milliards de tonnes de réserves de pétrole, 65 milliards de tonnes de charbon — sont également brillantes. L'Indonésie dispose, sur le plus vaste plateau continental du monde, de possibilités d'exploitation qui n'ont qu'à peine été explorées. La Malaisie possède des réserves de gaz quasi égales à celles de la Chine. Les ressources en hydroélectricité, encore peu utilisée, sont considérables. Le forage off-shore, entre la Corée du Sud et le Japon par exemple, est promis à un bel avenir. Les pays pauvres possèdent donc les produits de base nécessaires aux économies les plus développées, dont on sait, qu'il s'agisse du Japon, de Taiwan ou de la Corée, qu'elles dépendent dans une très grande proportion des approvisionnements extérieurs. Ils joueront d'autant mieux, au cours de la prochaine décennie, leur rôle de fournisseurs que leur richesse accrue leur permettra de mieux exploiter leurs réserves minières et leurs terres. Comme le veut la symbolique classique du commerce international, ils échangeront contre du capital, de la terre et du travail.

La Malaisie, la Thaïlande, l'Indonésie et les Philippines sont en effet confrontées aux difficultés des premières phases de l'industrialisation. A ce stade, comme dans les économies développées, le problème est de maintenir l'égalité entre l'épargne nationale ou importée et l'investissement. Ce dernier dépend tant de la croissance de la population et du taux de substitution du capital au travail que du contenu plus ou moins riche en capital de l'investissement. Confrontés à une forte croissance de leur population, les pays asiatiques ont tout intérêt, à niveau d'épargne donné, à réduire la substitution du capital au travail et à utiliser des techniques riches en main-d'œuvre. Ainsi pourront-ils d'ailleurs distribuer des revenus à des couches de plus en plus larges de population vivant dans le dénuement. Parallèlement, l'accueil de l'épargne étrangère —

c'est-à-dire l'ouverture aux capitaux étrangers — permet de desserrer la contrainte que fait peser sur la croissance l'insuffisance de l'épargne autochtone. Sa faiblesse, en effet, comme le soutient Simon S. Kuznets (12), empêche le développement de l'investissement et limite les possibilités d'emploi d'une population en augmentation. C'est la nécessité absolue d'accroître l'épargne qui justifie, sur le strict plan économique, l'inégalité des revenus et l'importation de capitaux étrangers.

Les pays de la zone sont, par rapport aux autres pays en développement, bien placés. La Malaisie et l'Indonésie, producteurs de pétrole, peuvent — sauf en 1981 — dégager d'importants excédents de leur balance des paiements ; ils obtiennent ainsi une épargne élevée. Les réserves officielles de la Malaisie, qui sont parmi les plus importantes du monde, lui permettent de couvrir sept mois d'importations. Ce pays a su d'autre part développer un secteur industriel qui occupe désormais un employé sur dix, mais crée deux emplois sur 10. La Malaisie, dont le niveau moyen des salaires s'établit à 40 % de celui de Singapour, a pu attirer de nombreux capitaux étrangers. La Thaïlande et les Philippines ont adopté des comportements analogues. La création de zones franches y a correspondu au désir d'ouvrir la porte aux investisseurs étrangers : aux Philippines, l'industrie des semi-conducteurs, concentrée dans ces zones, croît en volume au rythme de 22 % par an. Une fois la décision prise par les autorités de ces pays, les investissements extérieurs ne tardent pas à avoir lieu, apportant les fonds et les emplois nécessaires. La main-d'œuvre nationale peut alors être occupée. L'Indonésie a payé le prix du refus de cette stratégie : son secteur manufacturier, trop capitalistique, n'a pas suffisamment créé d'emplois ; des masses de pauvres gens ont été abusivement maintenues sur les exploitations agricoles : un récent rapport de l'O.N.U. estimait que deux salariés agricoles sur cinq, dans ce pays, étaient en chômage déguisé. La valeur de l'exemple comme les pressions des institutions financières internationales devraient amener, dans un avenir assez proche, l'ensemble des pays en voie de développement à répudier les errements du type indonésien et à se conformer à un modèle qui fut, en son temps, celui de la Corée du Sud. Le slogan « *go east* » du Premier ministre malaisien Mahattir répond à ce souci. De même les déclarations du ministre thaïlandais Boonchu annonçant la venue au monde, après Japon Inc. et Koréa Inc., de Thaïland Inc., dont le salaire moyen est le quart du salaire coréen ou taïwanais, anticipent-elles les résultats d'une politique dont on peut en effet espérer les plus grands bénéfices.

Outre la main-d'œuvre et leurs produits de base, ces pays peuvent offrir leur marché. Aucun d'entre eux, les chiffres de population en font foi, n'est négligeable ; les 150 millions d'Indonésiens, 50 millions de Philippins, 50 millions de Thaïlandais et 15 millions de Malaisiens, aspirant à consommer, représentent, pour le proche avenir, un pouvoir d'achat considérable. Au rythme actuel de leur croissance, ces populations doublent à peu près tous les trente ans : en l'an 2010, le marché régional sera de 500 millions d'habitants, dont le revenu aura quintuplé. Tous les instituts de recherche américains et japonais s'accordent pour souligner cette énorme richesse potentielle. Les spécialistes de l'industrie pétrochimique voient dans l'A.S.E.A.N. le marché porteur des années 1980 et au-delà. Les autorités de Singapour, désireuses de modifier l'activité économique de l'Etat, encouragent le transfert des industries utilisant beaucoup de main-d'œuvre non qualifiée vers la Malaisie et la Thaïlande ; investissant dans la pétrochimie, les Singapourais construisent avec l'aide du groupe japonais Sumitomo un complexe dont l'unité de base est un vapocraqueur produisant 300 000 t/an d'éthylène. Le gouvernement de Bangkok, qui estime que le paysan thaïlandais va quintupler dans les dix prochaines années sa consommation d'engrais, décide de construire une usine d'engrais chimiques d'une capacité de 900 000 t par an. Alors que les experts de l'agence japonaise pour la coopération internationale prévoient, en raison des potentialités du marché local, l'entrée de la Thaïlande sur le marché pétrochimique (13), la Malaisie et l'Indonésie, producteurs de pétrole et de gaz, jouent la même carte. Certaines études (14) citent même ce dernier Etat en exemple, puisque à l'instar de Hong Kong avec le textile et les montres à quartz, il pourrait, s'appuyant sur une énergie nationale abondante, utiliser la pétrochimie comme facteur de développement.

Un tel scénario peut paraître idyllique : reste que les pays concernés ont indiscutablement choisi la voie de l'expansion. Celle-ci s'annonce rapide, et même plus rapide en raison de l'importance de leurs marchés, que celle qu'ont connue dans le passé l'ensemble des nouveaux pays industrialisés d'Asie ; l'apparition d'une demande considérable constitue pour la zone entière une opportunité à saisir. La pauvreté est certes encore, dans la région, endémique : le pourcentage de malnutrition est de près de 20 % de la population en Thaïlande et dépasse 30 % en Indonésie et aux Philippines. Mais la maîtrise de leur production agricole, progressivement acquise par ces pays, devrait à terme améliorer sensiblement cette situation.

Le choix entre l'agriculture et l'industrie est une autre question indéfiniment débattue par les théoriciens du développement. Il n'est guère contestable que, faute d'une productivité suffisante dans le secteur agricole, aucun développement n'est possible. La main-d'œuvre nécessaire à l'industrialisation du pays ne peut être libérée, et l'on n'éduque pas une population qui a faim. Cette constatation de bon sens souligne la nécessité d'obtenir une production agricole suffisante et régulière. Or, là encore, les pays de la zone ont connu le succès. S'agissant du riz, vital dans la région, la Thaïlande est devenue le premier exportateur mondial ; l'Indonésie est, depuis deux ans, autosuffisante ; les Philippines ont, en 1978, commencé à exporter. Le taux de croissance de l'agriculture en Malaisie, de 1961 à 1976, fut de 6 % par an : c'est l'un des plus élevés du monde. Les entreprises du secteur du caoutchouc, qui ont pu diversifier leur production grâce à l'huile de palme, ont remarquablement réussi en productivité et le revenu par tête des petits propriétaires s'est accru d'un quart entre 1970 et 1976. Au total, tous ces pays font croître leur productivité agricole plus vite qu'aux taux recommandés par les institutions internationales.

L'accroissement général des rendements et de la population se traduit alors par une demande d'outils améliorés, de machines élémentaires et de biens de consommation. Cette demande provoque à son tour le développement d'activités rurales à la limite de l'artisanat et de la petite industrie, et permet à une main-d'œuvre abondante d'acquérir sur le terrain ses premières qualifications manufacturières ; ainsi les populations rurales ne sont-elles pas, contrairement au schéma marxiste, transportées sans transition des campagnes aux usines d'assemblage des zones franches. En sens inverse, la consommation de produits intermédiaires assure aux industries naissantes de très appréciables perspectives : la consommation indonésienne d'engrais a crû de 50 % en 1980, alors que le gouvernement prévoit de dépenser 16 milliards de dollars pour étendre les surfaces allouées à la production de caoutchouc, d'huile de palme, de café, de sucre et de cacao. Comme l'Indonésie, où l'amélioration de la productivité agricole et le développement des cultures de plantation sont devenus des objectifs nationaux prioritaires, les autres pays entendent fonder leur croissance sur une base agricole qui va se stabilisant. Ainsi sont-ils avantagés par rapport à l'Asie du Sud, plongée pour plusieurs décennies dans la dépendance alimentaire, et à l'Afrique, en proie aux affres de l'instabilité des récoltes. Accédant à la maturité économique, ils peuvent envisager leur industrialisation sans cette peur du lendemain qui saisit les peuples sans ressources.

La terre et le travail sont donc bien, pour ces pays, des atouts décisifs. Ils ont appris à les annoncer et à les jouer, comme ceux qui guettent en permanence la distribution des cartes s'en sont déjà aperçus. Les banquiers américais, après n'avoir pu obtenir le remboursement de prêts consentis à la Pologne et à la Roumanie, ont, depuis deux ans, entrepris de classer les différents pays selon le risque qu'il y a à leur prêter. Le coefficient de risque renseigne l'éventuel prêteur sur la confiance qu'il peut accorder au pays emprunteur. Il est tout autant politique et économique que financier ou social, et reflète assez fidèlement l'opinion du monde financier international, généralement bien informé. Comme tel, il sert d'ailleurs à la fixation du *spread* (15) auquel les pays peuvent prétendre. En 1982, tous les Etats de la zone, hormis les Philippines, ont amélioré leur image : les banquiers new-yorkais croient en leur expansion au moins jusqu'en 1986. La Malaisie obtient sur le marché financier international des *spreads* égaux à ceux de la Suède ; la Thaïlande progresse dans l'échelle des coefficients de risques. L'Indonésie ou les Philippines obtiennent rapidement plus de fonds qu'ils n'en demandent. La confiance des bureaux d'études Beri Ltd, Froot et Sullivan Inc., Business international corp., est extrêmement révélatrice. La Malaisie surtout, l'Indonésie sûrement, la Thaïlande sans doute et les Philippines un jour deviendront des pays industriels, et les puissances moyennes du début du troisième millénaire. La conscience d'une communauté d'intérêts est née, qui commence de dicter des actions coordonnées.

L'organisation internationale la plus intégrée du Pacifique est sans conteste l'A.S.E.A.N., qui regroupe Singapour, la Malaisie, les Philippines, l'Indonésie et la Thaïlande. Fondée en 1967, cette association, qui avait essentiellement progressé sur le plan politique, et surtout après l'établissement de l'hégémonie vietnamienne sur la péninsule indochinoise, a permis, en 1980 et 1981, un renforcement de la coopération économique entre ses membres. En septembre 1980, les ministres de l'énergie des cinq pays mettent en place un programme énergétique commun impliquant une coopération technique à long terme en vue d'une meilleure utilisation des ressources en pétrole, en gaz, en charbon et en électricité. Le plan prévoit même des mesures immédiates de sauvegarde allant jusqu'au partage des quantités produites de pétrole. Déjà, en 1976, cinq projets industriels communs avaient été envisagés, pour la réalisation desquels le Japon avait offert un milliard de dollars de prêts bonifiés. Le premier d'entre eux aboutit en avril 1981 avec le lancement en Indonésie d'une usine produisant des engrais pour l'ensemble de la région, sur le modèle de laquelle une seconde usine devrait être implantée à l'est de la Malaisie. En janvier 1982, les ministres de l'économie de l'A.S.E.A.N. décident la réalisation de trois projets supplémentaires : une fonderie de cuivre aux Philippines, une usine de moteurs à Singapour et une fabrique d'alcalins en Thaïlande. L'ensemble, dont l'achèvement est prévu pour la fin de 1986, représente 780 millions de dollars. En mai 1981, une réduction des droits de douane entre les pays membres est intervenue et tout produit d'une valeur de moins de 520 000 $ s'est vu accorder une préférence de 20 %. L'on sait depuis Meade (16) que les unions douanières les plus efficaces sont celles qui regroupent des pays dont le niveau de développement et la structure de la demande interne sont proches ; il est pourtant trop tôt pour se prononcer sur les effets de ces mesures douanières. Tout au plus peut-on constater qu'elles concernent des produits dont la valeur unitaire est finalement assez faible et pour lesquels les pays en voie de développement de la zone sont *a priori* spécialisés. Il faut en revanche noter l'accroissement, sensible depuis trois ans, du commerce intra-A.S.E.A.N. Le taux, de 16,9 % en 1969, descendu à 14,6 % en 1975, s'est trouvé porté à 15,5 % en 1977 et a dépassé 16,5 % en 1982. Il est donc clair que ces pays soutiennent mutuellement leur croissance. Le caractère très porteur de leurs marchés devrait renforcer encore cette tendance ; les pays qui fondent leur développement sur la production de biens de consommation sont en effet très sensibles à la demande des pays industrialisés : le montrent suffisamment les effets du ralentissement économique américain de 1981 sur l'activité de la Malaisie, dont les seules exportations manufacturières ont diminué de 17,8 %, alors que l'ensemble des exportations baissait de 10 %. Ce type d'accident conjoncturel ne compromet certes pas l'avenir d'un pays, mais ses dirigeants, instruits des risques, sont conduits à exporter en priorité vers des pays dont le taux de croissance est fort. Lorsque cette préférence économique se double d'une préférence politique, des liens étroits se tissent. Le renforcement des échanges entre les pays de la zone est inéluctable. Il participe du mouvement d'accroissement des échanges Sud-Sud que les observateurs ont, à l'échelle du monde, remarqué.

Il n'en reste pas moins que l'influence commerciale du Japon et des Etats-Unis demeure prépondérante. Profitant du démantèlement des empires coloniaux, et particulièrement du Commonwealth, les deux grands du Pacifique ont étendu leur présence. Le Japon tient désormais 24 % des importations de la Malaisie, contre 14 % en 1968, et les Etats-Unis 14 % contre 6 %; la Grande-Bretagne en revanche est passée de 15 à 7 %. Les chiffres relatifs à l'ensemble des pays du Sud-Est asiatique, pour la période 1972-1978, sont assez révélateurs. Si l'on mesure la part des exportations d'un pays vers le bassin Pacifique, Japon et Etats-Unis inclus, on constate que l'attachement à la région est d'autant plus fort que le pays est peu développé. Au long de sa croissance, chaque pays considère ainsi la zone Pacifique comme un havre, une terre d'asile dont il ne s'éloigne — relativement — que lorsque sa maturité lui permet d'intervenir avec succès sur des marchés extérieurs. Ceux-ci sont d'ailleurs arabes plus qu'européens. Donc, selon les schémas traditionnels, les flux commerciaux se créent entre ces nations voisines ; mais, surtout, le marché américain attire aujourd'hui les pays les moins développés, comme naguère les nouveaux pays industrialisés : le commerce américain avec l'A.S.E.A.N. en 1979, excédentaire en faveur de l'A.S.E.A.N. en raison notamment des exportations indonésiennes de pétrole, représentait 16 milliards de dollars. La même année, les exportations américaines vers ces pays augmentaient de 97 %. Quant au Japon, il demeure bien sûr l'autre grand marché extérieur de ces pays : il en absorbe potentiellement le quart des produits exportés. Il s'agit là d'échanges caractéristiques des relations Nord-Sud : le Japon achète des matières premières aux pays moins développés et leur vend des équipements.

Les pays les moins développés de la région du Pacifique deviendront sans doute, dans la prochaine décennie, de nouveaux pays industrialisés. Leur décollage, quels que soient les critères envisagés, de la part du secteur industriel dans la richesse nationale au taux d'investissement, est plus que probable. La création d'un tissu industriel, l'abondance de populations décidées à travailler, l'acharnement, perceptible par n'importe quel visiteur, à imiter le Japon ou la Corée, la création d'une base agricole solide, sont autant de facteurs de croissance qu'aucune crise conjoncturelle, fût-elle grave, ne fera disparaître. Du Japon aux nouveaux pays industrialisés, et de ceux-ci aux Etats membres de l'A.S.E.A.N., une même volonté anime le bassin du Pacifique. Chacun peut se porter en avant. A l'inverse des pays du continent africain, les plus démunis eux-mêmes ne devraient pas rencontrer d'obstacles définitivement insurmontables. L'ensemble connaîtra bien des crises où certains verront les prémisses de l'effondrement. Là n'est pas l'important. Ces crises seront des crises de croissance. C'est avant tout sur cette croissance, sur ses conséquences, proches et lointaines, que doit porter l'attention.

Sans doute cette étonnante expansion ne serait-elle pas possible si la région du Pacifique ne bénéficiait pas d'une grande stabilité. Il revient aux Etats-Unis de la maintenir. Mais ils n'ont plus, comme autrefois, à fournir pour cela le même effort en hommes et en argent qu'au temps des guerres continentales. La fluidité diplomatique du bassin Pacifique est, pour eux, un atout considérable. Son bon usage permet de garantir, aux moindres frais, le progrès économique.

CHAPITRE III

Pax pacifica

La richesse du monde pacifique n'est pas seulement donnée : elle est aussi ordonnée. De nombreux facteurs viennent en effet prolonger les succès marchands, qui permettent de décrire, au-delà de la simple croissance, la naissance d'un véritable *ordre capitaliste.* Les mouvements de l'or et des choses paraissent anodins au plus grand nombre ; ils n'offrent guère prise à ces coups de théâtre internationaux que l'on applaudit désormais. Sans doute ne percevrait-on pas aussi nettement les prodromes du fulgurant départ décrit plus haut si, en même temps, le jeu diplomatique ne le servait. L'affrontement des puissances sert la cause du Pacifique. Il en garantit paradoxalement l'avènement. Les alliances, les guerres, les voyages des chefs d'Etat sont bien les signes annonciateurs des bouleversements futurs : il suffit de les remettre en perspective. Cette perspective est une perspective de paix.

Le monde Pacifique a bien, depuis 1945, connu la paix. Il n'a été affecté qu'à la marge par les guerres continentales — Corée, Viêt-nam. De plus, il ne s'agit pas là d'une paix coûteuse, puisque les Etats-Unis, auxquels revient la charge de l'assurer, peuvent la maintenir par une politique d'équilibre et de contrepoids. Plusieurs puissances ont, dans cette région, des intérêts divergents. Aucune ne tolérerait qu'une autre — excepté, bien sûr, l'Amérique — dominât absolument. L'Asie-Pacifique est, par excellence, une zone multipolaire. Cette fluidité constitue une garantie majeure. Sa situation est radicalement différente, à cet égard, de la situation européenne.

L'élément décisif de cette multipolarité est, évidemment, l'hostilité sino-soviétique, qui réduit sensiblement l'ampleur de la menace communiste sur cette partie du monde. Aussi l'Amérique doit-elle l'exploiter. L'ennemi soviétique peut être fixé sur le continent — c'est précisément la « carte chinoise » dans son aspect stratégique — et borné dans l'océan par le jeu des alliances et celui de la dissuasion, tant conventionnelle que nucléaire. Les Etats-Unis édifient ainsi, sur ces différents piliers, l'ordre régional. Ils l'édifient moins par le combat que par la manœuvre. Ce n'est pas vraiment le *wuweï* — non-agir — du Tao, mais ce n'est déjà plus le fardeau asiatique des années précédentes.

Ce jeu a commencé d'être pleinement joué vers 1970, quand la philosophie de M. Kissinger, moins inspirée de Metternich que de Bismarck, sinon de Hume, lui dicta, après que la querelle sino-soviétique eut pris un tour dramatique, des efforts en vue de l'instauration d'un ordre fondé sur l'équilibre des forces. Ces forces sont au nombre de trois : Etats-Unis, U.R.S.S., Chine. Ce triangle ne s'appliquera d'ailleurs vraiment qu'en Asie ; mais là, il s'appliquera seul, les autres Etats présents dans la zone laissant ces grandes puissances écrire leur histoire.

La diplomatie américaine a redécouvert à cette époque l'intérêt de la confrontation des puissances. Elle l'avait apprécié autrefois, à la fin du XIXe siècle, alors que sa force nouvelle ne lui permettait pas encore de régner seule (1). Elle en prit de nouveau conscience, à la fin du XXe siècle, lorsque sa suprématie incontestée ayant pris fin, elle dut chercher autour d'elle les moyens de durer. A la fin du XIXe siècle, en effet, les Etats-Unis avaient déjà découragé les tentatives du Japon en encourageant ses adversaires, et en bornant leur action directe à quelques interventions ponctuelles. Lorsque cette situation de multipolarité prit fin, en 1915, du fait de la carence des Etats européens lors de la présentation à la Chine par le Japon de ces « vingt et une demandes » qui marquaient clairement la volonté nippone de contrôler l'ensemble de la région, l'Amérique s'engagea sur la voie de l'affrontement. Il était, à la vérité, inéluctable.

A chaque fois qu'une puissance adverse tend à la prédominance, l'Amérique est contrainte au combat pour préserver ses abords. Lorsque les ambitions d'une telle puissance sont bornées par les rivalités d'Etats, l'Amérique peut se contenter d'en utiliser plus ou moins habilement les mécanismes pour préserver son influence.

Après la défaite japonaise de 1945, l'accession des communistes au pouvoir en Chine pose ce problème en des termes analogues à ceux de l'avant-guerre, dès lors que Mao Tsé-toung paraît durablement allié à Staline et que la décolonisation chasse les Européens d'Asie. Aucun contrepoids ne s'offre à la politique américaine, vouée par suite à devenir une politique d'affrontement. La nature, les caractéristiques d'un défi communiste alors homogène interdisent aux Etats-Unis de se retrancher derrière un périmètre de sécurité trop strictement conçu pour se protéger de ce qui apparaît comme une puissance en soi, presque unique et irrémédiablement hostile. De là un engagement de vingt ans, visant à contenir le communisme. L'activité diplomatique y consacre, en 1953 à Panmunjon pour la Corée, en 1954 à Genève pour l'Indochine, l'impossibilité de refouler la subversion. Elle se fait « pactomanie » quand Dulles, par une série d'accords bilatéraux (2) et multilatéraux (3), étendra à l'Asie continentale le système d'alliances établi depuis 1951 dans le Pacifique entre les Etats-Unis et les Philippines d'une part, l'Australie et la Nouvelle-Zélande (4) d'autre part, et le Japon enfin. Elle sanctionne, en janvier 1973, par les accords de Paris, l'échec final d'une aventure.

L'activité militaire a occupé, pendant tout ce temps, le devant de la scène. En Corée, en premier lieu, quand en juin 1950, le Nord envahit le Sud. L'Amérique fournit des équipements militaires, puis engage ses forces aériennes et navales, puis ses forces terrestres, agissant sous le couvert de l'O.N.U. Le prix de cette guerre, qui s'achève sans vainqueur ni vaincu, n'est pas très important pour la première puissance du monde. Il en ira tout autrement au Vietnam.

La lutte américaine y prend tournure, après une période de soutien pacifique au Sud-Vietnam de Diem, par l'envoi, sous la présidence de J. F. Kennedy, de quelques centaines de « conseillers militaires » supplémentaires. Une résolution votée par le Congrès en août 1964 donne à L. Johnson les moyens d'un combat de plus en plus coûteux. On en connaît les principaux épisodes. Au moment où Nixon formule, en 1969, la doctrine de Guam, qui vise à inciter les alliés asiatiques des Etats-Unis à compter d'abord sur eux-mêmes, plus d'un demi-million de « boys » se battent à 16 000 km de chez eux. L'Amérique y perd son âme et son argent ; mais la guerre qu'elle poursuit est devenue *anachronique*.

L'élément déterminant de cette évolution est le retour du contexte stratégique à une situation de multipolarité. La Chine et l'Union soviétique sont déjà passées de l'alliance à la mésentente puis à l'hostilité déclarée. Les dirigeants américains ne saisirent pas immédiatement l'intérêt de cette hostilité. Elle n'avait pas pour conséquence de rallier l'un ou l'autre des protagonistes au camp de la liberté. Son effet restait donc simplement psychologique, de démoralisation ici, de soulagement là. Ce furent les incidents de l'Oussouri qui portèrent la réflexion sur le terrain stratégique.

L'Oussouri démarque une partie infime de la

frontière entre la Chine et l'Union soviétique. En mars 1969, après une période de tension due à l'invasion de la Tchécoslovaquie et à la Révolution culturelle, les Russes et les Chinois se disputent, les armes à la main, le contrôle d'un îlot de 1 km^2 de superficie. La violence des affrontements inspire aux Américains l'idée d'un quasi-renversement des alliances. « Les relations triangulaires, encore à peine ébauchées, venaient de donner le premier signe de vie (5). » Ces incidents précèdent de peu, ce qui n'est pas indifférent, l'énoncé de la doctrine de Guam sur la « vietnamisation de la guerre ». La base arrière du Viêt-minh est divisée. Pour l'Union soviétique, préoccupée désormais de détente et d'antisinisme, et pour la Chine, inquiète de la menace russe, la lutte indochinoise est dépassée. Les Américains entrevoient la possibilité de jouer la carte de cette Chine qui, jusque-là, critiquait les Soviétiques pour leur mollesse révisionniste et qui veut à présent se rapprocher de l'adversaire capitaliste d'hier. Les conséquences de l'échec du *containment* peuvent ainsi être limitées. S'ensuit un développement contrapuntique, auquel Kissinger prend une grande part, et où se croisent la ligne mélodique du rapprochement avec la Chine, inscrite dans le communiqué de Shanghaï, et celle, moins harmonieuse, de l'abandon de l'Indochine, portée dans les accords de Paris.

L'Amérique a d'ailleurs tiré de la rupture sino-soviétique d'autres avantages qu'asiatiques. La conclusion du premier accord S.A.L.T., en 1972, comme l'expansion des échanges économiques entre U.R.S.S. et U.S.A., procèdent à l'évidence en partie du désir des Soviétiques de rivaliser avec la Chine en matière de coopération : la diplomatie triangulaire développait la détente.

En Asie, la rupture sino-soviétique n'a certes pas empêché le Nord-Vietnam d'étendre sur la péninsule indochinoise le réseau des « relations spéciales » (6). Mais l'on ne gagne pas une guerre coloniale. Et les Etats-Unis se trouvaient, pour des raisons internes, dans un état d'excessive faiblesse. Ils ne pouvaient plus même mener l'action minimale que, précisément, la division du camp socialiste eût rendue possible. Les navettes de Kissinger entre Moscou et Pékin avaient, au moment des négociations de paix, contraint Hanoï, poussé par les uns et par les autres, à signer avec les U.S.A. un accord prévoyant le maintien du régime Thieu au Sud-Vietnam : mais ce fut tout. La quasi-destruction de l'exécutif américain par les remous de Watergate, et l'adoption par le Congrès d'une législation restrictive, empêchaient les Etats-Unis d'imposer le respect de ses engagements à une nation proche, après trente ans de lutte, de la victoire totale. Le monde libre a bien reflué en désordre du continent; n'eût été le désarroi américain, le retrait eût sans doute pu se dérouler dans de meilleures conditions. Le Pacifique ne s'est pourtant pas transformé en « océan rouge » (7). Les cartes sont à nouveau distribuées. Le capitalisme, qui se déploie au large, n'y perd rien.

Le retrait américain du Vietnam n'était donc pas l'échec absolu qu'on a cru. Il n'emportait pas, pour la région entière, de conséquences définitives. Il rendait aux Etats-Unis une liberté de manœuvre qu'ils avaient perdue. Autant de prolongements du conflit sino-soviétique, dont le caractère décisif apparaît clairement. « Le rapprochement sino-américain de 1972, écrit R. Nixon, a sans doute été l'événement géopolitique le plus spectaculaire depuis la Seconde Guerre mondiale, mais le plus important était la rupture sino-soviétique qui l'a précédé (8). »

L'hostilité sino-soviétique conserve, aujourd'hui encore, ce caractère décisif. Elle assure cette *fluidité* diplomatique qui permet aux Etats-Unis de préserver leurs intérêts alors que leur suprématie absolue disparaît. C'est l'avantage du Pacifique. On mesure ainsi combien la réapparition, sur la scène mondiale, d'une Chine décidée à rechercher et à défendre ses intérêts, et de plus en plus capable de le faire, constitue un événement majeur de l'après-guerre. Elle permet, bien qu'indirectement, aux Etats-Unis d'atteindre aux moindres frais leurs objectifs traditionnels, de protection du commerce et d'interdiction de toute domination étrangère ; il leur suffit, pour y parvenir, de jouer des rivalités des puissances, d'entretenir ses alliances et de montrer la force pour n'avoir pas à s'en servir.

Tels sont bien aujourd'hui les axes de cette politique américaine de l'équilibre, moins pensée et moins explicite que naguère, qui assure au monde Pacifique la stabilité indispensable à son expansion économique : exploiter le schisme communiste, encourager les alliés des

Etats-Unis, et, pour le reste, manifester sa présence.

Moscou, l'Asie, le Pacifique.

La menace à laquelle la politique américaine vise à parer au premier chef dans le Pacifique est, à l'évidence, la menace de l'Union soviétique, seule grande puissance conquérante de la fin du siècle. C'est en Asie pourtant que l'effort soviétique est le plus difficile à discerner. L'espace est là, immense et divers, pour l'absorber. D'autres influences que la sienne entendent s'y exercer librement. Ses ennemis y sont nombreux et résolus. L'U.R.S.S. se considère comme une puissance asiatique; mais l'étendue de ses frontières, la variété des situations que, de l'Afghanistan à la Chine, elle doit contrôler, lui inspirent un sentiment de fragilité. Sa politique dans cette partie du monde, avant tout dictée par le souci de neutraliser la Chine, autant d'ailleurs sur le plan politique que sur le plan militaire, présente, on l'a souvent noté, un caractère conservateur (9). Les interventions militantes n'y font certes pas défaut, mais elles paraissent davantage participer de l'inquiétude que d'un dessein positif longuement mûri.

Sur le plan politique, Moscou profite indéniablement de la réussite de l'entreprise du Vietnam du Nord; depuis la « réunification » intervenue en 1975, le réseau des « relations spéciales » s'est rapidement étendu sur l'Indochine entière, après que le Sud-Vietnam a été absorbé, le Laos annexé, le Cambodge réduit. Le G.R.P. du Sud-Vietnam ne s'est vu confier aucune responsabilité dans la gestion du nouveau Vietnam. Le Pathet Lao, de longue date lié au Vietnam, a pris le pouvoir au Laos en mai 1975. Le Cambodge a résisté plus longtemps ; l'antagonisme khméro-vietnamien remontait à l'expansion, jusqu'à l'arrivée de la France, de l'aire de peuplement vietnamienne au détriment de l'empire khmer. En avril 1975, les Kmers Rouges, entrés dans Phnom Penh, étaient liés à la Chine. Le Vietnam réunifié devait surmonter ce dernier obstacle, envahir en janvier 1979 le Cambodge et y installer le gouvernement pro-vietnamien de Heng Samrin. Des traités d'amitié et de coopération ont été signés entre les trois pays désormais « frères » et l'Union soviétique ; le Vietnam et le Laos ont adhéré au Comecon ; ainsi s'achevait un combat de trente ans.

L'action militaire chinoise de février 1979, qualifiée par ses auteurs de « punitive », n'a pas réellement ébranlé cet édifice. Mais il s'agissait moins de détruire que de montrer. La Chine, si elle a causé de sérieux dommages à six capitales provinciales et détruit l'infrastructure économique de la région d'attaque, a surtout manifesté sa résolution (10). Après l'échec de ses efforts politiques et diplomatiques pour prévenir l'invasion de son client par son adversaire, c'était une question de prestige. Aussi bien des limites précises ont-elles été indiquées à l'ensemble soviéto-vietnamien, qui mesure mieux désormais les risques de nouveaux débordements. Nul doute que la

Chine ait ainsi souhaité prouver à ses alliés de fait en Asie — comme la Thaïlande — que son soutien n'était pas seulement verbal, voire à infliger à l'Europe, paralysée par la crainte des Soviétiques, une leçon de détermination.

La Thaïlande est l'Etat le plus exposé aujourd'hui au danger. L'autre front est le front coréen ; mais il semble calme, les Etats-Unis continuant de soutenir fermement la Corée du Sud, et ni Moscou ni Pékin ne souhaitant voir le Nord déclencher une attaque massive. En revanche, les incursions armées de 1980 en territoire thaïlandais témoignent de la persistance d'une grave tension. La théorie des dominos n'est sans doute plus pertinente : la première conséquence de l'établissement de l'hégémonie soviéto-vietnamienne sur la péninsule n'a-t-elle pas été la constitution d'un front de pays plus déterminés qu'auparavant à ne plus concéder de gains supplémentaires ? Les conférences de Bangkok, de Bali, de Kuala-Lumpur sont, en 1979, l'occasion pour les pays de l'A.S.E.A.N. d'affirmer, immédiatement après l'invasion du Cambodge, leur solidarité avec la Thaïlande. D'autres réunions ont suivi. Cette communauté d'intérêts les amène à se rapprocher de la Chine, avec laquelle la plupart entretenaient déjà depuis peu des relations diplomatiques. D'importantes divergences subsistent cependant, puisque la Malaisie et l'Indonésie redoutent plus l'influence chinoise que Singapour, les Philippines ou la Thaïlande elle-même. Le Japon et la Corée, inquiets des appétits supposés des soviéto-vietnamiens, ont rejoint cet ensemble, dont on a vu ce qu'il représentait pour eux sur le plan économique. Quant aux Etats-Unis, ils ont, au-delà des frictions provoquées par leur politique de ventes d'armes à la Chine populaire, apporté les encouragements nécessaires, en manifestant, selon l'expression de l'ancien secrétaire d'Etat Haig, leur volonté d'empêcher d'inadmissibles interventions soviétiques.

Il n'est certes pas à l'ordre du jour que l'A.S.E.A.N. se transforme en communauté politique ou qu'elle forme le noyau d'une alliance militaire conçue sur le modèle de l'O.T.A.S.E., aujourd'hui disparue, et dont les Soviétiques craignent précisément la résurgence. L'unité de vues n'est pas totale entre ses membres, divisés par exemple sur la question de l'influence chinoise et sur celle de l'aide à apporter aux Khmers Rouges. Il est cependant clair aujourd'hui qu'un front est né, dans l'A.S.E.A.N. et autour d'elle, de l'existence de préoccupations stratégiques communes aux pays hostiles à l'Union soviétique.

Un tel front est d'autant plus susceptible de contenir la coalition soviéto-vietnamienne que celle-ci souffre par ailleurs de faiblesses internes. L'Union soviétique, dont la croissance se ralentit et qui affronte des crises est-européenne et afghane graves, porte le poids d'une économie vietnamienne usée par la guerre. Il lui arrive de laisser paraître, à l'égard de son turbulent protégé, quelque lassitude. On se souvient à cet égard du long délai apporté à réagir à l'initiative chinoise de février 1979. De même, les appels lancés par l'Union soviétique à la Chine, en vue d'une normalisation de leurs relations, ont aussi été interprétés comme autant d'avertissements donnés au Vietnam pour l'inciter à une salutaire modération.

L'affaire indochinoise fut une affaire de volonté nationale. L'Indochine devait tomber. La carence américaine y fut bien pour quelque chose ; mais on sous-estime trop le courage et la détermination des Nord-Vietnamiens, dont l'effet fut de soustraire assez largement, par exception, ce conflit à l'application des règles édictées par les grandes puissances en fonction de leurs intérêts respectifs. Le Vietnam épuisé, ces règles deviennent prééminentes. Elles organisent, pour un temps, la stabilité régionale. Les Soviétiques craignent d'aller plus loin et le font savoir. Les Chinois ont indiqué les limites de leur patience. Les Japonais ont cessé dans les faits, surtout depuis le traité signé en 1978 avec la Chine, de pratiquer la politique de l' « équidistance » entre les deux puissances communistes. Les liens unissant les pays de l'A.S.E.A.N. ont été resserrés. Pour finir, les Etats-Unis ne font pas mystère de leur détermination retrouvée. Des escarmouches peuvent avoir lieu, mais le « front antihégémonique » est en état de jouer, sur le continent, le rôle dissuasif qui lui est assigné.

Nombreux sont cependant ceux qui s'alarment du déploiement militaire soviétique dans cette région. Il est tout à la fois nucléaire et conventionnel, naval, aérien et terrestre. On conçoit d'ailleurs aisément que Moscou s'en remette aux armes : son modèle de développement ne séduit guère, et ses chances de pénétration économique dans la zone sont faibles.

L'U.R.S.S. en Asie se borne, en dehors des liens entretenus avec la Corée du Nord et l'Inde, à dominer le commerce des Etats clients de Mongolie, du Vietnam ou d'Afghanistan (11).

Il n'en reste pas moins que l'essentiel des forces militaires soviétiques orientales est dirigé contre la Chine. L'augmentation régulière du nombre des divisions, passé à un peu moins de cinquante, les perfectionnements apportés à l'armement et à l'infrastructure, le déploiement des missiles SS 20 et du bombardier nucléaire Backfire dans les districts de Sibérie et de Transbaïkalie, la création d'un commandement intégré du théâtre de l'Extrême-Orient, témoignent moins des appétits que de la crainte soviétique. La rivalité sino-soviétique fixe sur le continent la partie la plus importante de l'effort de l'U.R.S.S., même si certaines des armes installées face à la Chine — SS 20 en particulier — sont susceptibles d'utilisations plus lointaines.

L'expansion navale soviétique dans le Pacifique est la cause principale, en définitive, des inquiétudes actuelles tant des Etats-Unis que de leurs alliés. L'économie du Pacifique dépend en effet des approvisionnements extérieurs. Si la zone peut se passer, tant sa richesse est grande, de certains d'entre eux, elle ne peut se passer du pétrole. Le cas du Japon est présent à tous les esprits. Avant la Seconde Guerre mondiale, les flottes américaine et japonaise se partageaient l'espace maritime. Après 1945, la marine américaine y dominera jusqu'à ce que les Soviétiques entendent, sous la direction de l'amiral Gortchkov, contester cette prééminence. Leur effort maritime présente certes un aspect indubitablement défensif ; mais les buts ultimes que s'assigne l'Union soviétique en recherchant un accès permanent à l'océan sont bien conquérants : d'une part, disposer de la capacité de projeter une influence politique dans la zone, d'autre part, être en situation de contrôler les voies de communication de l'Occident.

Les années récentes ont en effet montré la prédilection soviétique pour l'instrument naval. Des auteurs américains ont relevé, sur quelques années, le rôle de leur marine en matière diplomatique, jusqu'au point culminant d'octobre-novembre 1973 en Méditerranée, à l'occasion de la guerre du Kippour (12). Les détachements navals soviétiques, au contraire de ceux des Occidentaux, ne craignent pas d'apparaître : plus de trois cents visites ont été effectuées dans l'océan Indien au cours des trois dernières années. L'exemple des convois maritimes de 1976 vers l'Angola est aussi fréquemment cité. Il est clair, au total, que la recherche de facilités navales dans toutes les mers du globe participe d'un effort non seulement militaire, mais aussi politique.

Peu à peu, les Soviétiques se sont assurés, à partir de leurs bases de Vladivostok, Pétropavslosk et Sovietskaïa Gavan, des moyens de contrôler les voies de communication occidentales. Au nord, l'annexion des Kouriles japonaises, puis le renforcement de leur présence sur ces territoires, où ils sont censés avoir établi une base sous-marine, leur ont permis d'exercer leur influence en mer d'Okhotsk et de se placer en position de force à l'égard du Japon, en surveillant les détroits de Soya, Tsugaru et Tsushima; au sud, ils disposent désormais des bases vietnamiennes de Cam Ranh, Da Nang et Kompong Son, qui complètent le réseau de leurs bases navales organisé en Asie du Sud-Est autour de Micobar et des Andaman, et leur permettent de verrouiller, le cas échéant, le détroit de Malacca : présents en mer de Chine, ils peuvent contrôler les mouvements des flottes entre l'océan Pacifique et l'océan Indien.

Ce renforcement fait peser une menace précise sur les voies de communication de la zone. En 1975, lors des manœuvres maritimes Okean II, quatre forces navales descendent autour du Japon le long des lignes d'approvisionnement. En 1976, des navires de guerre russes font route de Vladivostok à la mer du Japon jusqu'à Okinawa; des bombardiers géants TU 95 venant des Kouriles du Nord descendent pour la première fois simultanément à l'est et à l'ouest des ports du Honshu (13). La pression soviétique s'est bien accentuée à partir de 1975, date approximative du début de la période de l' « activisme brejnévien » (14).

Le Japon, extrêmement dépendant de l'extérieur, a été l'un des premiers pays concernés à avoir vu et analysé le danger. Ses livres blancs successifs sur la défense en portent la trace. Nul doute que l'effort militaire soviétique ait confirmé le Japon dans sa volonté d'abandonner l'ancienne politique d'équidistance pour rejoindre, même discrètement et prudemment, le camp des adversaires de l'U.R.S.S. Cet effort est, en effet, sur le plan strictement matériel, remarquable. La flotte soviétique du Pacifique dispose à présent de près de cinq cents unités, soit environ le tiers de la marine soviétique ; on dénombre près de 80 sous-marins, 80 navires de fort tonnage et plus de 200 cents plus petits, une multitude de navires paramilitaires, océanographiques, de pêche ou de commerce. L'aéronautique navale compte plus de 300 avions de combat, dont 100 bombardiers. Des croiseurs, des destroyers, un porte-avions moderne ont été introduits sur ce théâtre. Les possibilités de transport ont été accrues. Tant par le nombre — près de 10 vaisseaux soviétiques croisent dans la mer de Chine méridionale — que par la qualité, la flotte soviétique est une menace bien réelle. Sa posture offensive, de plus, lui confère un avantage certain : il est plus facile de rompre des lignes de communication que de les défendre.

Les pays de la zone sont d'ailleurs également intéressés, à ce titre, à la sécurité des communications depuis le golfe Persique, et notamment dans l'océan Indien. Le pétrole du Golfe est, avant tout, nécessaire à l'économie japonaise. Depuis que, par la doctrine Carter, les Etats-Unis ont proclamé le caractère vital de leurs intérêts dans le Golfe et entrepris de mieux les défendre, certains observateurs ont cru pouvoir affirmer que le Pacifique avait perdu à leurs yeux l'importance qu'il commençait de gagner sur l'Atlantique, au bénéfice de l'océan Indien. C'est confondre les préoccupations de long terme et celles de court et moyen termes, mais, surtout, la fin et les moyens. La stabilité du

Golfe et celle de l'océan Indien sont aussi nécessaires à la prospérité du Pacifique. L'ordre américain des priorités en ce domaine ne révêle aucune méconnaissance de la nouvelle répartition des richesses dans le monde.

Quoi qu'il en soit, l'Amérique n'est pas démunie face au déploiement naval soviétique. Elle compte, on le verra, sur la puissance propre de sa marine comme sur les possibilités de ses alliés, au premier rang desquels figure le Japon ; mais, surtout, la structure même de l'espace la favorise : les terres qu'elle contrôle lui sont autant de points d'appui extrêmement solides, alors que les Soviétiques, passés les détroits japonais, et malgré les facilités qui leur ont été récemment consenties, n'y sont plus guère chez eux et ne peuvent organiser sans difficulté considérable le soutien d'une action à la mesure de cet océan.

Cette appréciation de la situation stratégique conduit à penser que, quelles que puissent être les craintes inspirées par le déploiement naval soviétique, c'est sur le continent lui-même que se décide l'avenir de la région. Les regards des Soviétiques restent dirigés vers la Chine. L'exploitation de la discorde sino-soviétique est donc d'une importance majeure. Elle ne dispense pas les Etats-Unis de consentir eux-mêmes des efforts nécessaires pour rétablir la balance, mais elle les prime, ou devrait les primer, dans l'ordre des priorités.

Cette exploitation du schisme est celle de la multipolarité de la zone. Il faut remarquer que la forme actuelle de cette exploitation n'est pas la seule possible. Aujourd'hui, l'Amérique joue de la Chine contre l'U.R.S.S. A terme, un renversement des alliances peut se révéler souhaitable. A supposer même cette possibilité exclue, on peut imaginer de faire un usage plus ou moins partisan de l'hostilité des deux grandes puissances communistes. En période de détente, les Etats-Unis tiendront ainsi la balance égale entre ces puissances ; en période de tension, ils se porteront aux côtés de celle qui sera jugée la moins dangereuse. La première attitude fut celle de l'administration Nixon. La seconde est celle de l'administration actuelle. Il ne s'agit là que de variations sur un même thème : celui d'une politique réaliste dans une région où s'affrontent des intérêts divergents. Cette politique américaine est d'ailleurs plus ou moins cohérente, plus ou moins habile, voire plus ou moins consciente. Peu importe. La logique du schisme prime le reste, tout le reste. La zone Asie-Pacifique en tire une marge de sécurité considérable. Le monde communiste voit son expansion bornée au continent par l'affrontement, plus ou moins violent, des deux Etats qui l'incarnent. Dans l'état actuel du rapport des forces, les Etats-Unis ont jugé que la meilleure manière de tirer parti de cet affrontement était, compte tenu des ambitions soviétiques, plutôt de s'appuyer sur la Chine : leur politique antisoviétique érige la Chine en rempart contre le communisme lui-même. Un pays socialiste protégeant la sphère d'influence du capitalisme : surprenante postérité du dogme.

Portrait de la Chine en Grande Muraille.

En 1951, en Corée, après que des volontaires chinois ont franchi le Yalou et mis les troupes américaines au bord de la défaite, MacArthur propose d'en finir avec le diable : il menace la Chine d'une extension de la guerre, au besoin par les armes nucléaires, sur son territoire. Vers 1980, en revanche, il n'est pas rare de voir la Chine comptée, dans la balance des forces, aux côtés de l'Amérique. Pour certains, la protection des intérêts de la République populaire s'impose même, dans un but de sécurité générale, aux Etats-Unis (15).

Jusque vers 1971, le gouvernement du maréchal Tchang Kaï-chek n'a pas cessé d'être, pour les Américains, le seul gouvernement chinois légitime. Aux termes du traité signé avec lui en décembre 1954, les Etats-Unis, qui avaient soutenu les nationalistes depuis leur installation sur l'île de Formose, s'engageaient à défendre celle-ci, tout comme les Pescadores. Ils y faisaient stationner des forces. La VIIe Flotte croisait au large des côtes.

La Chine communiste, parallèlement, avait pris dès l'origine les couleurs de l'enfer. Elle représentait le désordre et le mal. Les valeurs américaines n'y avaient pas cours. Son intervention dans la guerre de Corée consacra la rupture. Les ressortissants américains se virent interdits de Chine. Un embargo commercial intégral fut édicté, qui subsista bien après que les autres pays occidentaux l'eurent levé, à l'instar de la Grande-Bretagne.

Puis l'administration Nixon perçut, à la lumière des affrontements de l'Oussouri, les conséquences diplomatiques, ignorées jusque-là, de la rupture survenue près de dix ans plus tôt entre Chinois et Soviétiques. En jouant la « carte chinoise » (16), les Etats-Unis entendront dans un premier temps maximiser les avantages de la détente et peut-être introduire une plus grande stabilité, à l'ère nucléaire, dans les relations internationales. Dans une seconde période, la conscience des ambitions soviétiques étant devenue plus aiguë, ils se sont servis de cette même carte dans l'espoir de dissuader l'adversaire (17). Quant aux Chinois, ils n'ont jamais cessé de vouloir, en se rapprochant des Etats-Unis, rétablir un équilibre global jugé compromis, qui menaçait, dès à présent mais aussi à terme, leur sécurité et leur indépendance. L'un des principaux artisans de ce rapprochement écrit :

> « La Chine pratiquait la grande tradition classique de la politique européenne. Les dirigeants communistes chinois supputaient de sang-froid et sans émotion les besoins de l'équilibre des puissances, sans guère se laisser influencer par l'idéologie ou le sentiment. C'étaient de savants équilibristes, des artistes de la relativité. Ils comprenaient fort bien que le fléau de la balance était soumis à des forces constamment en mouvement et commandait de continuels ajustements à des circonstances changeantes. Un seul principe restait inviolable : nulle nation ne devait jamais l'emporter, fût-ce fugitivement, sur les

forces combinées qui pouvaient être mobilisées contre elle. Car, pour un fugitif instant de négligence, les autres risquaient de perdre irrévocablement leur identité et leur indépendance. La Chine ne pouvait faire dépendre sa survie de la bonne volonté d'une puissance dominante ; elle œuvrerait pour prévenir tout danger et tenait pour abdication des gouvernements qu'ils permettent à n'importe quel adversaire de réunir des forces suffisantes pour être irrésistibles (18). »

Il est de plus permis de penser que les Chinois voulaient, à cette époquer, recommencer l'expérience de l'ouverture sur l'extérieur qui les avait si fort déçus avec l'Union soviétique. Répudiant pour un temps les attitudes traditionnelles de l'isolement, décrites dans la célèbre réponse de 1793 de l'empereur Quianlong au roi d'Angleterre, ils se tournèrent vers l'Amérique, l'Union soviétique les empêchant de réaliser leur rêve « d'unité, de gloire et de dignité » (19). Ce retournement ne fut cependant pas immédiat : il fallut en particulier que cessent les derniers soubresauts de la Révolution culturelle. En avril 1970 encore, les conditions politiques mises par Chou En-lai à l'extension du commerce sino-japonais étaient, pour certaines d'entre elles, marquées du sceau de l'idéologie et de l'anti-américanisme. Ces exigences furent ensuite abandonnées.

On connaît les principales étapes de cette révision des alliances. Il convient de s'attarder sur la rupture sino-soviétique qui l'a rendu possible et qui constitue l'une des modifications décisives du cours des événements mondiaux.

Le marxisme théorique a évidemment sous-estimé l'importance du sentiment national. La Chine et l'Union soviétique, aux régimes pourtant inspirés par une idéologie commune, n'ont pas échappé aux règles classiques de la rivalité et de l'affrontement. D'un côté, les mythes — le gouvernement du prolétariat, l'internationalisme socialiste —, de l'autre, les faits — la bureaucratie, les conflits de puissance : la partie n'était pas égale. Les mythes devaient tomber et, avec eux, tout un pan de l'ancien système international. Le dogme n'admettant pas les querelles au sein du camp de l'avenir, il fallait alors en exclure les trouble-fête. Les protagonistes du drame s'exclurent donc mutuellement du socialisme. C'était la seule issue théorique possible. « L'idéologie nationaliste commune prêtait à l'alliance de l'U.R.S.S. et de la Chine un aspect métapolitique. Leur querelle devait nécessairement prendre la forme d'un schisme (20). »

Mais l'alliance elle-même n'a jamais eu de caractère absolu. Elle n'était pas inévitable et les premiers craquements apparurent très vite. Au sein même du parti communiste chinois, Mao Tsé-toung avait combattu la faction pro-soviétique et fait reconnaître le rôle prédominant de la paysannerie dans la lutte révolutionnaire. Puis il avait, au plan diplomatique, recherché d'abord, semble-t-il, le soutien américain. Ce point est resté longtemps ignoré, jusqu'à la publication, en octobre 1972, par le département d'Etat de documents, notamment ceux relatifs à la mission du général Marshall en 1946. Les Etats-Unis, refusant la main tendue de la Chine, ont commis une erreur lourde de conséquences. Averti de l'attitude viscéralement hostile des dirigeants américains, Mao choisit alors l'alliance russe. C'était faire de nécessité vertu. Mais les premières difficultés apparaissent cinq ans seulement après la signature, en février 1950, du traité d'amitié, d'alliance et d'assistance mutuelle. Dès 1955, les Soviétiques prévoient l'écart chinois. A partir de 1956, les frictions se multiplient. La Chine déplore le lancement, sans consultation des partis frères, de la déstalinisation et de la coexistence pacifique. L'Union soviétique réprouve l'expérience des communes populaires et le « grand bond en avant ». Après la tentative chinoise d'annexer Quemoy et Matsu, Moscou dénonce l'accord nucléaire de 1957. L'Union soviétique n'intervient pas dans le conflit frontalier sino-indien de 1959. Des polémiques théoriques apparaissent. En juillet 1960, Moscou dénonce les accords de coopération technique et rappelle ses techniciens. Pékin jugeait d'ailleurs l'aide soviétique insuffisante.

Le divorce est porté à la connaissance de l'opinion par la voie de discours : en 1961, lors du XXIIe Congrès du P.C.U.S., Chou En-lai et Enver Hodja, le leader albanais, sont l'objet de critiques acerbes et s'en vont. La controverse s'amplifie jusqu'à la chute de Khrouchtchev. Des incidents frontaliers ont lieu depuis 1960. Les négociations sur les questions bilatérales seront ouvertes à Pékin en octobre 1969. Elles se poursuivent, sans résultat à ce jour, malgré une réactivation récente. Le ton soviétique s'est modéré, surtout après la mort de Mao. Les Chinois ont sans doute, depuis quelques mois, diminué la violence de leurs attaques antisoviétiques, et nuancé leur adhésion de fait au camp occidental. L'esquisse de rapprochements, tactiques et limités, et bornés jusqu'ici aux discours, a été notée. Mais la querelle dure, profonde et décisive. L'enjeu, pour chacun de ces pays, est trop grand. Leurs objectifs à long terme leur interdisent tout retour à l'alliance. La rivalité sino-soviétique, développant sa logique autonome, court à travers la guerre froide et la détente et se maintient dans les temps indécis d'à présent ; elle s'inscrit dans trois cercles : celui de l'hostilité nationale, celui du conflit régional, celui des ambitions mondiales.

L'hostilité nationale est tout à la fois politique, territoriale et idéologique. On peut y trouver les traces d'une longue tradition d'inimitié : le nationalisme russe s'est heurté, au cours de l'histoire, au sino-centrisme. L'expansion tsariste s'est développée, à la fin du siècle dernier, à la faveur de l'abattement chinois qui résulta de la guerre de l'Opium (1840-1842). A la longue, chaque peuple en vint à incarner, pour l'autre, la barbarie. La psychose du péril jaune, née en particulier de la défaite infligée par les Japonais en 1905, se renforça chez les Russes. Quant aux Chinois, le dépeçage passé de leur pays les dressait par avance contre l'idée d'une direction étrangère, fût-elle fraternelle. Dans les années récentes, on a, au paroxysme de l'agression verbale, fustigé d'un côté le social-impérialisme, de l'autre le chauvinisme Han. La tension paraît aujourd'hui s'être un peu apaisée. Mais la méfiance, qui relève souvent du racisme (21), demeure.

Cet antagonisme s'est nourri du contentieux territorial. Les deux Etats ont une frontière commune de plus de 7 000 km — la plus longue du monde. Dans son tracé actuel, elle résulte d'une série de conventions imposées par la Russie tsariste à une dynastie mandchoue en pleine décadence, et dont les Chinois critiquent le caractère « inégal ». Les traités d'Aïgoun, de Pékin, de Tarbatagaï, signés à partir de 1858, ont étendu en effet la souveraineté russe au-delà de la ligne Amour-Oussouri et sur de vastes étendues d'Asie centrale. D'autres annexions devaient suivre. Les Chinois ne nourrissent guère d'illusions, cependant, sur leur chance de recouvrer ces territoires. Aussi bien avaient-ils renoncé, après la victoire de 1949, aux anciennes prétentions de l'Empire et de la République bourgeoise. Telle qu'elle fut soulevée en 1963, la question de la révision des frontières ne portait que sur une portion infime du Pamir et sur les tracés de l'Est — Amour et Oussouri. C'est à propos de ce dernier fleuve qu'eurent lieu les incidents de 1969.

Mais la question du tracé n'est que symbolique des craintes réciproques des deux Etats. L'espace de confrontation est à peu près vide. Les bornes en ont varié au cours de l'histoire, et, avec elles, le statut de populations locales de culture et de langue autonomes. Les Russes, qui ont dû user du travail forcé pour peupler leurs territoires d'Extrême-Orient, et dont la démographie décline, ne peuvent que s'alarmer de la pression exercée sur eux par un milliard de Chinois ; et ceux-ci ne peuvent qu'appréhender les conséquences du déploiement sur leurs frontières de divisions en grand nombre, et de missiles nucléaires. L'antagonisme territorial porte témoignage de l'irréductabilité des égoïsmes nationaux de ces deux puissances gigantesques et voisines.

La compétition idéologique s'est greffée sur cette rivalité primitive. La similitude des aspirations doctrinales des deux pays devait les conduire à rechercher la même clientèle, à s'entraccuser de trahir le marxisme-léninisme, à briguer chacun le pontificat. Si Mao reconnaît l'autorité théorique de Staline, il refuse de s'incliner, comme le montrent les « 25 thèses du président Mao », devant celle de ses successeurs. L'Union soviétique veut conserver la direction du mouvement communiste international ? La Chine soutient que le camp socialiste se compose de membres indépendants et égaux. L'Union soviétique s'intéresse au tiers monde ? Seul le modèle chinois lui est applicable. L'Union soviétique désire la coexistence pacifique ? La Chine dénonce l'abandon des mouvements de libération nationale et de la révolution. Ces dernières années, toutefois, la montée en puissance de l'Union soviétique a conduit la Chine, engagée par ailleurs dans la voie de la liquidation du maoïsme, à s'appuyer sur des Etats manifestement éloignés d'elle au plan politique. L'affrontement théorique y a un peu perdu de sa vigueur. L'essentiel, pour les Chinois, n'était plus là, s'il l'avait jamais été.

Mais le conflit s'inscrit, plus largement, dans

les cercles régional et mondial. Les deux sont étroitement imbriqués. La rivalité dérive ici d'une inquiétude stratégique réciproque.

L'inquiétude soviétique est liée aux velléités d'encerclement qu'elle croit discerner chez ses voisins chinois. Réalité ou alibi, elle perdure depuis 1955.

La politique extérieure, a dit Brejnev, est devenue le problème numéro un de la politique intérieure soviétique. La Chine échappant successivement au chaos et à l'union, l'U.R.S.S. fait le choix de l'Inde. Craignant d'être laissée, du fait de la doctrine de Guam, face à face avec l'adversaire, elle tente ensuite de passer du stade de l'alliance de revers à celui du système régional : c'est la doctrine Brejnev pour la sécurité collective en Asie, manifestement dirigée contre la Chine et que seule la Mongolie extérieure approuve. La diplomatie soviétique a connu, sur le terrain antichinois, une succession d'échecs : avec l'Inde, qui ne l'a pas suivie ; avec le Japon, retenu par une méfiance séculaire et la persistance d'un contentieux territorial.

L'Union soviétique a donc naturellement porté, ces dernières années, la confrontation sur le terrain militaire. En témoignent l'augmentation de ses forces à la frontière de la Chine, la volonté d'exploiter l'affaire iranienne, l'intervention en Afghanistan, et surtout le déroulement du conflit indochinois. Les esquisses de normalisation récemment ébauchées n'ont en rien modifié ces comportements. L'Union soviétique n'a pas, on le sait, épousé toutes les causes vietnamiennes ; mais elle s'est assurée toutefois de points d'appui contre la

Chine et contre l'Occident. L'achèvement du projet de sécurité collective est renvoyé à plus tard. Au fil des années, la politique asiatique de l'U.R.S.S. est devenue plus brutale. Les préoccupations sont restées les mêmes. Les successeurs de Brejnev les reprendront sans doute à leur compte.

L'inquiétude chinoise est fondée, quant à elle, sur une perception relativement dramatique du déploiement soviétique dans toutes les parties du monde. Dans un premier temps, cette perception a dicté à la Chine des attitudes d'opposition violente. Il semble qu'elle adopte aujourd'hui une ligne diplomatique moins dure. L'analyse de fond est cependant restée la même.

Pour les Chinois, l'équilibre global est rompu en faveur de l'Union soviétique, qui a atteint la supériorité militaire et progresse partout en Indochine, dans le Pacifique et dans la Corne de l'Afrique. La doctrine chinoise fait passer l'Union soviétique au rang d'ennemi principal. Puisque cet ennemi ne rencontre plus d'adversaire à sa mesure, il ne reste plus à la Chine, conformément à sa tradition diplomatique, qu'à jeter son poids dans la balance aux côtés des plus faibles. L'ensemble de ses initiatives a ainsi tendu d'abord à l'établissement, partout dans le monde, d'un « front antihégémonique » destiné à contenir les ambitions soviétiques. L'alignement de la Chine sur les positions occidentales est désormais moins net. Ses intérêts n'en continuent pas moins de converger largement, en fait, avec ceux des Etats-Unis. Cette convergence durable a permis à l'Amérique d'utiliser, avec plus ou moins d'habileté, la Chine pour confiner le communisme au continent.

L'histoire de cette politique nouvelle vaut d'être sommairement rappelée. Elle coïncide à peu de choses près avec l'histoire de la rupture sino-soviétique. En juillet 1969, après les incidents de l'Oussouri, certains Américains reçoivent l'autorisation de se rendre en Chine et d'y acheter des produits chinois. Les autres restrictions, sur les voyages et le commerce, sont ensuite levées, en 1970 et 1971. Cette dernière année, un échange de pongistes permet à Chou En-lai d'exprimer le désir du gouvernement chinois de voir s'ouvrir un nouveau chapitre des relations sino-américaines. Lors de son message au Congrès du 25 février 1971, le président Nixon déclare : « Nous sommes prêts à entamer le dialogue avec Pékin. Nous ne pouvons accepter les principes idéologiques ou l'idée que la Chine doive exercer une hégémonie en Asie, mais nous ne désirons pas imposer à la Chine une position internationale qui ne tienne pas compte de ses intérêts nationaux (22). » Il apparaît à l'époque que ceux-ci sont plus menacés par l'expansion soviétique que par l'engagement des Etats-Unis au Vietnam ou la protection qu'ils accordent à Taiwan. Mao et Chou En-lai le font clairement savoir au cours des voyages de Kissinger et de Nixon à Pékin, en 1971 et 1972. Cela n'empêchera pas les Etats-Unis, battus en octobre

1971 sur la question de l'admission de la Chine à l'O.N.U., de se croire tenus d'adopter une position plus souple concernant Formose. S'ils affirment leur fidélité à l'alliance de 1954, ils n'en admettent pas moins, par le communiqué de Shanghaï du 27 février 1972, l'existence d'une seule Chine de part et d'autre du détroit; on sait le choc ainsi causé, en particulier à leur allié japonais. Mais l'essentiel était bien que l'accord se fît sur la prévention de l'hégémonie d'une puissance en Asie. Le monde avait changé : la Chine accédant au concert mondial se trouvait, au prix de concessions mineures, encouragée dans son opposition à l'Union soviétique, opposition dont on a mesuré l'importance stratégique. Cet encouragement devait même, après quelques hésitations, devenir plus ferme à mesure que s'estompait la détente.

Quand le président Carter prend ses fonctions en janvier 1977, les relations avec la Chine sont assez bas sur sa liste des priorités internationales. L'angélisme y est évidemment pour quelque chose; mais dès qu'apparaissent les premières difficultés avec l'U.R.S.S., son attitude s'infléchit.

Des relations diplomatiques sont établies avec la Chine en janvier 1979. Deng Xiaoping, en visite ce même mois aux Etats-Unis, y propose un front antisoviétique. Les Chinois dénonceront, peu après leur offensive contre le Vietnam, le traité d'alliance sino-soviétique de 1950. Mais c'est bien du voyage de Walter Mondale à Pékin, en août 1979, que date le véritable ralliement de Carter à la « carte chinoise ». Une carte que, désormais, les Etats-Unis joueront plus nettement contre l'Union soviétique. Fin 1979, en effet, le secrétaire à la Défense Brown engage les discussions sur les questions de sécurité, puis, au moment de la visite, en mai 1980, du vice-Premier ministre Gen Biao, annonce la décision de principe de transférer à la Chine des équipements qu'on se refuse cependant à qualifier d'armements.

La politique asiatique du président Reagan, même fondée en théorie sur le communiqué de Shanghaï, est elle aussi empreinte d'incertitude, puisque le développement de relations généralement considérées comme indispensables sur le plan géopolitique achoppe sur la question de Taiwan. Les divisions internes de l'administration Reagan, le rôle pris dans son élection par le lobby favorable aux nationalistes, un anticommunisme très marqué, sont autant de facteurs d'hésitation. Si le principe du transfert d'équipements militaires à la Chine s'est vu confirmé, l'Amérique n'a pas pour autant définitivement renoncé à la vente d'armes à Taiwan. Cette situation de crise latente, qui concerne à la fois la défense de l'île et les perspectives de réunification, fut évoquée au sommet à plusieurs reprises. Elle explique en partie les critiques adressées aux Etats-Unis lors du dernier congrès du parti communiste chinois.

Nombre d'observateurs ont prédit à ce propos un éloignement de la Chine, voire une rupture. C'est oublier la convergence des préoccupations stratégiques. Au moment du voyage de Pékin, Mao avait déclaré : « La petite question est Taiwan, la grande question est le monde (23). » Cela est toujours vrai. L'on s'est interrogé sur la récente âpreté de ton des dirigeants chinois, qui jadis ne semblaient guère pressés, à l'instar de Chou, d'aboutir à une solution sur Taiwan. Deng Xiaoping, qui assurait en 1978 au Japon que la question « serait inévitablement résolue, sinon dans dix ans, dans cent ans ; sinon dans cent ans, dans mille ans », en vint, au contraire, dans un discours aux cadres du parti prononcé en janvier 1980, à fixer comme objectif à la Chine de récupérer l'île pendant la décennie (24). Aussi bien la modération de certaines critiques traditionnellement adressées à l'Union soviétique, alors même que celle-ci renouvelait ses offres de normalisation, a-t-elle pu passer pour un signe valant injonction à Washington de céder sur Taiwan. Ces mouvements, dont les raisons sont, pour la Chine, tant de principe que de politique intérieure, ne sont pas négligeables. Mais ce sont des mouvements tactiques, où les deux partenaires cherchent à s'assurer, au passage, d'autres avantages que ceux qu'ils tirent de leur coopération contre l'adversaire commun : le fond n'est pas remis en cause ; ainsi la Chine, persuadée que les Etats-Unis, antisoviétiques d'abord, ne répudieront pas une alliance de fait qui correspond tant à leurs intérêts qu'à leur discours, peut prendre le risque d'un durcissement passager aux fins de parvenir plus vite à la réunification ; ainsi l'Amérique, observant que la russophobie des Chinois ne diminue guère, peut sans grand dommage continuer de résister aux pressions qu'ils exercent à propos de Taiwan : autant de péripéties. La question des ventes d'armes à l'île voit, en particulier, les partenaires s'accorder ou non d'après les exigences du moment. Rien de tout cela n'emporte de conséquences définitives. Les Chinois peuvent durcir le ton à l'égard de l'Amérique, assouplir leurs positions à l'égard de l'U.R.S.S.; leur attachement au concept d'équilibre mondial ne varie pas.

Il est vrai que les Etats-Unis ont souvent paru manquer d'habileté à mener un « jeu chinois ». Parler, par exemple, aussi crûment que le firent certains de ses dirigeants, de « carte chinoise », n'était pas indiqué, et a sans doute donné l'envie aux Chinois de montrer aux barbares, par quelques coups d'épingle — dont certains furent, précisément, portés à propos de Taiwan —, qu'on ne jouait pas aussi facilement avec la Chine. Plus profondément, il est sûr que ni le fonctionnement des institutions des Etats-Unis ni leur tradition diplomatique, largement étrangère à l'idée d'équilibre des forces, ne leur permettaient de mener la politique extérieure à la fois subtile et continue qui s'imposait. De plus, les mouvements diplomatiques chinois, souvent dictés par des affrontements internes, ne sont pas aisément prévisibles ni maîtrisables. Au regard des différences de mentalités et de système politique, les volontés chinoise et américaine ne sont pas de nature à s'accorder dès l'abord. Elles le font pourtant, par-delà les maladresses et les incertitudes. L'enjeu est en effet trop considérable.

Jusqu'ici, les Etats-Unis ont pu aider à maintenir la division du monde communiste, et fait peser sur l'Union soviétique une menace supplémentaire. Le Japon a pu s'affirmer en prolongeant cette action décisive par un rapprochement avec la Chine qui a durablement modifié l'équilibre régional. La Chine a pu dissuader l'Union soviétique de l'attaquer ou d'étendre son influence plus loin en Asie, et participer à la création d'un front uni, qualifié ou non d'alliance, contre son adversaire.

Les Etats-Unis, puissance maritime, affrontent en Asie des empires terrestres. C'est la lutte de la mer et du continent, de l'ours et de la baleine, chère à Mackinder. De gigantesques efforts s'imposeraient à l'Amérique si, précisément, le continent n'était pas désuni : on conçoit qu'il soit pour elle indispensable d'entretenir la division, comme la Grande-Bretagne le fit en Europe au cours des siècles passés. Il ne faut cependant pas se méprendre sur la portée exacte d'une telle politique. L'habileté que les Etats-Unis mettent à exploiter la rupture sino-soviétique compte moins que l'existence en soi du schisme. C'est lui, en effet, qui détermine la neutralisation réciproque des puissances communistes. C'est lui qui, en définitive, garantit la poursuite du développement économique de l'Asie maritime, dont la croissance contraste avec l'échec continental. Celle-ci tend, on l'a vu, à devenir le premier foyer productif du monde. La guirlande insulaire qui va de la Corée du Sud à la Malaisie, s'appuie sur l'Australie et la Nouvelle-Zélande et s'organise sous l'égide du Japon et des Etats-Unis, est le centre de cet *ensemble maritime*, aux énormes richesses potentielles, qui relève largement le défi d'un communisme diminué.

Une fois cet ensemble assuré de sa sécurité aux moindres frais par la division de ses ennemis, reste aux Etats-Unis à parer aux menaces résiduelles — celles que la division n'empêcherait pas de naître. C'est, à ce titre, sur le Japon qu'ils s'appuient d'abord.

Le pilier japonais.

Le 15 août 1945, Hiro-Hito, empereur du Japon, invite ses sujets à « supporter l'insupportable » : la défaite et l'occupation étrangère. Elles furent, comme on sait, étonnamment bénéfiques. Le relèvement du Japon est sans doute l'un des plus beaux succès de la politique extérieure américaine. Devenu riche, l'archipel est resté pourtant relativement insaisissable (25), et plusieurs mécomptes devaient s'ensuivre. Mais l'alliance privilégiée, pilier de la diplomatie d'Extrême-Orient des Etats-Unis, garante de la sécurité d'un Japon vulnérable, demeure. Son contenu tend néanmoins à se transformer depuis que l'Amérique, tirant les leçons de l'apparition d'un nouvel équilibre des forces, a décidé de mieux s'appuyer sur ses alliés asiatiques et de se moins commettre elle-même ; le nouveau rôle du Japon dans l'économie mondiale a sensiblement modifié le ton du dialogue entre l'ancien vaincu et l'ancien vainqueur.

Il a fallu attendre 1945 pour voir s'établir ces relations d'étrange proximité. Le Japon s'était d'abord formé, la réforme de Taïka en témoigne, à l'épreuve de la Chine, depuis l'aube de son histoire où il avait trouvé en face de lui la puissance des Han et des T'ang. Si le commodore Perry rompit, au milieu du XIXe siècle, l'isolement que le shogunat, soucieux d'échapper à la thalassocratie chinoise des Zheng, avait imposé au Japon du XVIIe siècle, c'était à l'évidence sans grand souci de l'archipel lui-même. Le Japon ne put assumer la liberté du commerce : les importations crûrent plus vite que les exportations, les prix montèrent, les marchés se disloquèrent, le système monétaire fut détruit. Le gouvernement du shogun fut remplacé par un gouvernement impérial, ami de la modernité. Puis, jusqu'à la guerre russo-japonaise de 1905, le Japon fut, pour l'Amérique, cette puissance qu'on tient habilement à distance. Elle devint peu à peu celle qu'on doit combattre en priorité puisque ses appétits sont trop grands. La série des annexions — Formose, la Corée, la Mandchourie — débouche sur Pearl Harbor, et Pearl Harbor sur Hiroshima.

La période de collaboration qui s'ouvre alors avec l'arrivée de MacArthur, et qui verra le Japon transformer peu à peu son statut au gré de l'évolution des forces dans la région et dans le monde, peut étonner. On a trop insisté peut-être sur les divergences de ces deux pays ; les décrire, c'est rappeler des évidences. Les Etats-Unis sont une terre d'espace et de ressources ; le Japon est pauvre et borné. La population américaine est diverse, celle du Japon est homogène ; l'Amérique est née d'une rupture totale avec le Vieux Monde, le Japon n'a cessé d'évoluer derrière le masque des apparences traditionnelles ; les Américains parlent une langue connue de tous, les Japonais un idiome trop complexe et largement inconnu hors de leur île ; les Américains veulent s'expliquer, les Japonais veulent se taire ; les Etats-Unis sont une superpuissance nucléaire ; le Japon, en ce domaine, n'est rien.

Autant d'oppositions faciles, note Kissinger. Il reste que l'Amérique et le Japon partagent désormais une même culture contemporaine : les deux sociétés sont industrielles et riches. Sur le plan extérieur, il n'est pas douteux que, depuis l'origine, l'alliance satisfait aux intérêts de chacun des pays l'ayant contractée. Les Etats-Unis y ont trouvé le moyen de lutter, directement puis plus indirectement, contre toute hégémonie dans la région. Le Japon, traumatisé par la guerre et extrêmement vulnérable, a pu devenir, à l'abri de la protection américaine, la troisième et bientôt la deuxième puissance économique mondiale. C'était l'essentiel pour une nation qui veut bien du commerce mais pas de l'armée, de la diplomatie mais pas de la politique étrangère. C'est à présent la cause de l'impatience américaine, qui cependant ne bouleverse rien.

Le sens du compromis des deux adversaires a, au départ, permis la naissance de ce consensus international peu ordinaire. L'habileté de MacArthur, la caution de Hiro-Hito, ont gagné les esprits à la coopération. Jusqu'en 1948, le Japon soumis est débarrassé des structures anciennes et initié au libéralisme. Un virage décisif est pris à cette date. Le 6 janvier, en effet, K. C. Royall, sous-secrétaire d'Etat américain à la Guerre, expose que la politique américaine ne vise plus désormais à prévenir une agression du Japon, mais à le restaurer dans son indépendance. Les nécessités de la lutte contre le communisme, au temps de la guerre froide, ne sont pas pour rien dans ce revirement. Dans une Asie orientale bipolaire, explique P. Fistié, le Japon passe de la soumission à la composition, puis à l'association (26) ; mais sans sacrifier l'essentiel, puisqu'il refuse de réarmer au sens strict du terme. Il se montre farouchement attaché à l'article 9 de la Constitution de 1946 octroyée par MacArthur, qui dispose qu' « aspirant sincèrement à une paix internationale fondée sur la justice et l'ordre, le peuple japonais renonce pour toujours à la guerre comme droit souverain de la nation, et à la menace ou à l'emploi de la force comme moyen de régler les différends intertionaux ». Ni la guerre de Corée ni l'intransigeance de Foster Dulles n'ébranleront de façon vraiment significative cette détermination. Une force de police de réserve sera créée, qui prendra par la suite le nom de force de sécurité, puis celui de force d'autodéfense. Mais ses effectifs seront réduits. Il n'y aura pas, à Tokyo, de ministère de la Défense, mais une agence dirigée par des civils. Le Japon restera fidèle aux « trois principes du non-nucléaire » — ne pas posséder d'armes nucléaires, ne pas en produire, ne pas autoriser leur introduction au Japon —, et se refusera à envoyer quelque contingent militaire que ce soit à l'étranger, fût-ce sous l'égide de l'O.N.U. Les dépenses militaires ne dépasseront pas un pour cent du P.N.B. — ce seuil mythique sera plus tard au centre d'âpres discussions. Un traité de paix et un traité de sécurité seront signés en 1951. Le dernier sera révisé en 1960, en raison de son impopularité grandissante, puis en 1970. Aucun plan commun de défense du Japon ne sera élaboré. Le Japon se dérobera à un système d'alliance englobant le Pacifique, qui eût complété le réseau des pactes anticommunistes — N.A.T.O., C.E.N.T.O., S.E.A.T.O. Au fil des ans, les traités seront de moins en moins contestés, mais le Japon continuera de fonder sa défense sur un « profil bas ». Inquiet de sa dépendance énergétique, il sera plus soucieux d'action diplomatique — notamment au Proche-Orient — que de puissance militaire. C'est sur le terrain économique qu'il déploiera, au contraire, toutes ses capacités. Le rythme de son développement à partir de 1950 a été le plus rapide de tous ceux des pays industrialisés.

Il s'ensuit qu'au moment même où l'Asie est rendue, par le jeu de la rupture sino-soviétique, à la multipolarité, le Japon est destiné, aux yeux des Américains, à jouer un rôle décisif. Que l'on compare les dates : mars 1969, les affrontements de l'Oussouri ; juillet 1969, la doctrine de Guam ; novembre 1969, la rencontre Nixon-Sato. Les communistes s'affrontent, les Américains se retirent, le Japon peut s'affirmer. Avant les traités, il paraissait réduit à n'être plus qu'un Etat de second ordre. Il se voit désormais proposer des perspectives nouvelles et, pour certaines, grandioses. Tout n'ira pourtant pas aussi vite que certains le prévoyaient à l'époque.

Cette modification décisive du statut du Japon dans l'alliance se lit entre les lignes de l'accord du 21 novembre 1969 sur Okinawa, qui réagissait lui-même sur le traité de sécurité. Les Etats-Unis autorisés à mener des actions militaires depuis une île redevenue japonaise, le Japon accepte que son alliance avec les Etats-Unis ne concerne pas que l'archipel : c'est revenir en Extrême-Orient. Le Japon, accédant à la parité avec les Etats-Unis, est désormais appelé à jouer un rôle international à sa mesure. Dans un discours au National Press Club, Eisaku Sato évoque « *le nouvel âge du Pacifique* » : « Voici l'époque où, ayant mis fin, en nom et en fait, à l'ère " d'après-guerre " avec le retour d'Okinawa, le Japon, en coopération avec les Etats-Unis, va apporter sa contribution à la paix et à la prospérité de la région Asie-Pacifique, et par conséquent au monde entier. » Il conclut en déclarant : « On peut dire que les deux grandes nations de part et d'autre du Pacifique sont sur le point d'entreprendre une grande expérience historique en coopérant à un nouvel ordre mondial, sur une échelle qui transcende celle d'une alliance bilatérale (27). » C'était la première fois depuis la guerre qu'un Premier ministre japonais exposait publiquement une conception de cette ampleur. Elle fut condamnée par Pékin et mal accueillie par Washington. Par la suite, les dirigeants japonais devaient mettre plus de discrétion dans leurs propos. Mais il était revenu à M. Sato de décrire avec une lucidité brutale les conséquences du changement de l'état des forces dans cette partie du monde. Le quasi-condominium dont il rêvait était organisé autour d'une tutelle, politique et militaire, américaine, et d'une influence économique principalement japonaise. Un tel système — les profits sans les charges — ne pouvait que convenir aux Japonais. Les Américains au contraire réclamaient vite un meilleur partage de ces charges. Les rôles étaient cependant distribués.

Le Japon devait tout d'abord entrer pleinement dans le jeu multipolaire conçu par l'Amérique ; et ce, d'autant plus que les attitudes de détente allaient s'estomper en raison de la montée en puissance de l'Union soviétique. Celle-ci n'a pas su, lorsque le contexte international lui était favorable, se concilier le Japon. Sans doute eût-il fallu pour cela céder sur la question territoriale, et abandonner au Japon les Kouriles du Nord ; geste impossible à l'Union soviétique, soucieuse de ne pas créer de précédent susceptible d'être invoqué au sein d'un empire multiforme. Les projets de mise en valeur de la Sibérie ne répondant pas totalement à ses espérances de profit, rien donc ne retenait le Japon de se tourner, après les Etats-Unis, vers la Chine, quand l'U.R.S.S. deviendrait menaçante, notamment par son déploiement naval. Derrière les protestations officielles, la politique de l'équidistance entre les deux grands du communisme a disparu. Le Japon, ayant rejoint son camp, n'est pourtant pas devenu un foudre de guerre : il n'approuve ni ne soutient sans réserve toutes les initiatives antisoviétiques de Washington. Son extrême vulnérabilité lui fait redouter les excès et rechercher avant tout la stabilité régionale; mais c'est l'Union soviétique qui la compromet aujourd'hui. Sa diplomatie en devient plus nette, même s'il est exclu qu'elle adopte jamais les canons occidentaux.

Nixon n'avait pas informé les Japonais de l'imminence de son voyage à Pékin, en février 1972. On conçoit que le Japon ait été quelque peu ébranlé par l'annonce d'un événement si décisif, d'autant plus que le Premier ministre Sato avait obtenu de Nixon, en octobre 1970, d'être consulté sur la politique chinoise des Etats-Unis. De même le communiqué de Shanghaï, publié à l'issu de la visite présidentielle, fut-il accueilli avec surprise à Tokyo en raison de l'étendue des concessions américaines à propos de Taiwan qu'il révélait.

Le Japon allait s'adapter, sous la direction du Premier ministre Tanaka, avec une particulière rapidité, à la situation nouvelle ainsi créée dans la région. Au point que l'Amérique s'en émut — le sommet Nixon-Tanaka tenu à Hawaii en août-septembre 1972 en témoigne — et que nombre d'observateurs prédirent l'émergence d'un axe Japon-Chine assis sur une commune culture, riche en virtualités économiques et destiné, à terme, à dominer l'univers.

Ce rapprochement du Japon et de la Chine était d'autant plus spectaculaire qu'un lourd contentieux divisait ces deux pays. Un protocole de bonnes relations avait bien été signé en 1871 ; mais, depuis, leur histoire commune était celle de conflits armés. En 1874, le Japon envoie un corps expéditionnaire à Formose pour protéger ses ressortissants des îles Rynkyn. La Chine, battue en 1895, se voit obligée d'accepter l'annexion de ces îles et de reconnaître l'influence nippone en Corée. Après l'insurrection des Boxers, le Japon participe à l'expédition occidentale de 1900. Ayant occupé la Corée après avoir vaincu les Russes, il l'annexe, en 1910, et prend en concession l'extrémité de la presqu'île de Liaodong. Le chemin de fer sud-mandchourien est construit. La pression japonaise augmente après la révolution chinoise, et, malgré la restitution des possessions allemandes en Chine après la Première Guerre mondiale, un fort sentiment anti-japonais croît dans ce pays à partir de 1919. L'armée japonaise, ayant envahi la Mandchourie, s'enlise en Chine à partir de 1937. Les traces de cette rivalité sont profondes — comme la crainte de la Chine de voir renaître un Japon agressif et militariste.

En août 1972, pour la première fois depuis la fin de la guerre, une délégation officielle japonaise se rend à Pékin pour préparer le voyage du Premier ministre Tanaka. Les Japonais se voient alors reconnaître par les Etats-Unis, aux termes des entretiens d'Hawaii, le droit et la capacité de mener une politique autonome dans un domaine majeur. Cette politique sert à l'évidence le dessein américain. Après le voyage de Tanaka à Pékin, en septembre 1972, et le rétablissement des relations diplomatiques entre les deux pays, six ans se révèlent pourtant nécessaires pour conclure un traité de paix. Le principe étant acquis, la crise du pétrole, la chute de Nixon et celle de Tanaka, la mort de Chou et celle de Mao, ralentissent des négociations que la question de l'inclusion de la clause antihégémonie, demandée par les Chinois et dirigée contre l'U.R.S.S., et à laquelle les Japonais se montrent réticents (28), rend déjà délicates. Le traité sino-japonais du 12 août 1978 met fin, pour ces deux pays, au conflit mondial et complète le traité de paix de 1951 auquel la Chine n'était pas partie. Il avait été précédé, en février 1978, par un accord à long terme sur les échanges commerciaux, qui sera rapidement élargi et prolongé jusqu'en 1990.

Ainsi, la Chine cessait, sous la pression soviétique, de tenir le Japon pour l'ennemi héréditaire à la psychologie impériale aggravée de capitalisme.

On a sans doute exagéré la portée économique de ce rapprochement. L'accord à long terme ne donnera sans doute pas les résultats souhaités. Le Japon commerçait, il est vrai, de longue date avec la Chine. Mais les caractéristiques structurelles de l'économie chinoise sont un obstacle considérable. L'essentiel des relations consiste en des exportations japonaises d'acier et des exportations chinoises de pétrole, dont la qualité ne donne d'ailleurs pas entière satisfaction. Une extension significative dans un proche avenir paraît improbable : elle est en effet subordonnée au développement très hypothétique des moyens de paiement de Pékin.

De même, sur le plan politique, le Japon fait-il preuve d'une prudence remarquée. Les appels de la Chine en faveur du réarmement sont accueillis avec réserve, et les bruits relatifs à des ventes d'armes à la Chine ne sont pas confirmés. Les Chinois eux-mêmes ont parfois des mouvements d'humeur contre leur récent allié : à preuve, la « querelle des manuels scolaires », au cours de laquelle ils ont réagi contre la présentation, jugée tendancieuse, par les manuels nippons, de l'expansion japonaise en Chine durant la Seconde Guerre mondiale. Ce type de réaction est peut-être plus important et plus significatif que la revendication chinoise sur Maoyu (Tiaoyu). Les Japonais fondent leur politique sur l'oubli ; les Chinois Chou En-lai l'avait bien dit, ne veulent pas oublier.

Au total, le Japon a soutenu et continue de soutenir la logique des Etats-Unis. Sa réapparition sur la scène internationale, que manifeste d'éclatante façon l'alliance chinoise, n'a nullement contrarié leurs desseins. Son action, en contribuant au renforcement d'une Chine dont on apprécie mieux désormais la garantie qu'elle offre à la zone, a grandement favorisé la stabilité régionale. Un peu d'habileté soviétique au moment de la détente aurait peut-être permis d'éviter que le Japon adhère, même implicitement, même prudemment, au front commun. Il n'en a rien été.

Alors même que le conflit à l'Est était né, d'aucuns ont pensé que l'existence d'une détente dans les relations entre l'Est et l'Ouest pouvait permettre à l'Ouest, en tenant la balance égale entre les deux adversaires communistes, de tirer quelque avantage de leur opposition. Cette conception fut sans doute plus machiavélique chez les Américains, plus craintive chez les Japonais. Le maintien de l'« équidistance » leur semblait nécessaire à la stabilité ; et la stabilité, puisqu'ils étaient si vulnérables, à leur survie. Mais l'ambition soviétique a détruit l'équilibre tripolaire où le couple formé par les Etats-Unis et le Japon se trouvait en situation d'arbitrer. Elle l'a plus vite détruit en Asie qu'ailleurs : dans la théorie soviétique, les principes de coexistence pacifique ne règlent que les rapports européens. Un nouveau partage des forces en a résulté, où l'Union soviétique affronte ainsi les autres grandes puissances.

Elle avait pourtant tenté de se concilier le Japon, établissant avec lui des relations diplomatiques en 1956, en dépit du traité de sécurité américo-japonais et du traité de paix nippo-taiwanais. La Chine avait alors critiqué l'U.R.S.S. pour avoir poursuivi en ce domaine une politique nationale. En 1962, à la surprise générale, Khrouchtchev demande au Japon de participer à la mise en valeur de la Sibérie. Plusieurs accords économiques devaient s'ensuivre.

Les relations soviéto-japonaises n'ont cependant guère cessé d'être empreintes de froideur. Les Soviétiques ont toujours négocié durement, modifiant leurs propositions, abandonnant soudain un projet pour un autre. Les Japonais, chez qui persiste un net courant russophobe, dû en partie au souvenir de l'attitude soviétique à la fin de la Seconde Guerre mondiale, ont en retour fait preuve d'une grande prudence, limitant leurs engagements, notamment financiers, au minimum nécessaire.

La question des Kouriles a permis de mesurer l'éloignement progressif du Japon et de l'U.R.S.S. L'Union soviétique, qui occupe depuis 1945 ces îles situées au nord d'Hokkaïdo, se prévaut des accords de Yalta et du traité de San Francisco. Le Japon ne reconnaît à l'U.R.S.S. aucun titre légal fondant sa présence sur des terres qu'elle continue de considérer comme siennes ; mais lors du rétablissement des relations diplomatiques en 1956, l'U.R.S.S. s'était déclarée prête à rétrocéder Skikotan et les Habomaï. Elle revint sur sa position au moment du traité de sécurité américo-japonais de 1960. De même, loin d'assouplir sa position quand apparurent les premiers signes du rapprochement sino-japonais, elle renforça ses garnisons sur les Kouriles, précipitant ainsi un dénouement qu'elle redoutait. Les négociations sur le traité de paix, engagées en 1972, n'ont jamais permis d'évacuer ce contentieux territorial. L'Union soviétique, divers incidents l'ont montré, ne concède guère.

Il est évidemment difficile, là comme ailleurs, de démêler, dans une attitude généralement crispée, ce qui ressortit à l'inquiétude et à la volonté de puissance. On ne peut manquer toutefois d'être frappé par la faible mobilité diplomatique des Soviétiques ; d'une part, en effet, ils répugnent aux concessions, d'autre part, leurs démonstrations militaires, ou, plus généralement, agressives, produisent des effets inverses de ceux recherchés par la négociation. Ni le voyage remarqué du ministre des Affaires étrangères Gromyko en février 1972, ni l'ébauche, en 1973, d'un traité d'amitié et de bon voisinage, ni les conférences conjointes pour la paix en Asie, tenues aux printemps de 1974 et 1976, ni la rencontre Sonoda-Gromyko en septembre 1981, ne les empêchèrent de s'isoler. La question des Kouriles est à cet égard exemplaire : rien ne pouvait plus hâter que l'obstination soviétique en ce domaine la conclusion de l'alliance entre la Chine et le Japon. Par la suite, le recours, fréquent et spectaculaire, des Soviétiques à l'instrument militaire devait encore contribuer à la formation d'un front antihégémonique, pour reprendre l'expression chinoise, où le Japon trouvait naturellement sa place. Celui-ci a en effet toutes les raisons de s'alarmer de l'invasion de l'Afghanistan ou du déploiement naval soviétique dans l'océan Indien et le Pacifique, qui sont autant de menaces sur ses approvisionnements en provenance du Golfe. L'activisme caractéristique des années d'après 1975, substitué à la diplomatie du système Brejnev, a sensiblement modifié la politique extérieure du Japon.

Cette évolution n'a cependant pas eu pour conséquence de réduire le volume du commerce entre l'Union soviétique et l'archipel. Les Japonais restent en effet par-dessus tout attachés aux impératifs économiques. C'est à l'économie qu'ils doivent leur relèvement. Même si l'Union soviétique n'occupe pas, c'est l'évidence, une place centrale dans leur stratégie en ce domaine, il ne peut être question de rompre avec elle. Les réticences aux mesures d'embargo sont manifestes.

Les échanges, qui s'élevaient à 40 millions de dollars en 1958, ont atteint 4 milliards de dollars en 1978. Les investissements japonais en Union soviétique s'élèvent à 1,5 milliard de dollars. Un accord quinquennal, signé en 1980 à Moscou pour la période 1981-1985, porte sur le développement de Sakhaline et de la Yakoutie et sur la fourniture de gaz, de charbon et de bois. Mais l'Union soviétique n'occupe pas, au total, une place de premier plan dans le commerce extérieur du Japon : elle n'en était en 1979 que le 11ᵉ client, et le 14ᵉ fournisseur, dans les deux cas après la R.F.A., Formose et la Chine continentale. Et les Japonais ne se départissent pas de leur prudence, notamment financière. Dans le contexte stratégique d'aujourd'hui, il semble exclu que, soucieux de voir aboutir les projets sibériens — dont plusieurs achoppent sur le problème de la participation américaine —, ils réservent la question territoriale pour revenir à une véritable politique d'équidistance.

Au demeurant, un tel retour n'affecterait sans doute pas de façon décisive la politique américaine de contrepoids dans la zone. Comme l'avait bien vu Kissinger, l'existence d'une situation de multipolarité est à elle seule susceptible de favoriser la modération du comportement des puissances. L'exploitation qu'elles font de leurs divisions compte moins, en dernière analyse, que les divisions elles-mêmes. La division essentielle est, on l'a vue, la division sino-soviétique. Que le Japon penche d'un côté ou tienne la balance égale est sans influence sur cette division, sinon sur les avantages positifs qu'il en retire. Le conflit sino-soviétique dépasse la détente et la guerre froide. Il s'ensuit que l'Occident peut en faire un usage de détente ou de guerre froide selon les époques ; c'est-à-dire s'en tenir à l'impartialité ou choisir. C'est affaire de circonstances. L'important est de ne pas s'y adapter avec retard et de conserver son homogénéité diplomatique au camp occidental.

Le désengagement américain a réintroduit le Japon sur la scène mondiale. Le rapprochement avec la Chine l'indique de façon éclatante. Mais l'une des conséquences des nouvelles doctrines américaines était que le Japon devait assumer une plus grande influence en Asie. L'on vit alors s'esquisser une politique régionale adaptée à la logique du retrait. La prudence dont firent preuve les dirigeants japonais en ce domaine tient surtout aux traces laissées dans la région par la « sphère de coprospérité » de la Seconde Guerre mondiale. Le Japon, avait déclaré le Premier ministre Okuma au début du siècle, doit devenir « l'âme dirigeante de l'Asie » (29). Après avoir un temps réfréné ses ambitions, sous la pression d'autres puissances, après sa victoire contre la Chine en 1895, contre la Russie en 1905, et après la Première Guerre mondiale en 1919 et 1922, le Japon, dirigé depuis 1931 par des militaires, s'était affirmé. On encouragea les mouvements nationalistes des territoires colonisés ; on parla de « nouvel ordre japonais », de « grande Asie orientale » — un conseil et un ministère de cette grande Asie furent créés en 1942 —, de « sphère de coprospérité », enfin. Celle-ci s'organisa à la faveur de la guerre. Mais la libération prétextée dissimula mal l'annexion réalisée. L'exploitation des pays du Sud-Est asiatique, dont les matières premières sont vitales pour le Japon, fut menée avec sûreté. D'où un vif sentiment de méfiance envers les Japonais, encore aisément perceptible.

Aujourd'hui, néanmoins, l'action diplomatique tend à préparer comme à prolonger l'action économique. L'intégration, de plus en plus poussée, des pays de la zone, est une réalité qu'une diplomatie essentiellement marchande ne peut à l'évidence ignorer. C'est ce qu'exprimait en 1974 la visite, mouvementée, du Premier ministre Tanaka à Bangkok et Djakarta. De manière plus significative encore, le Premier ministre Fukuta, arrivant en 1977 à Kuala Lumpur pour y rencontrer les chefs d'Etat de l'association après leur sommet, a émis des propositions de coopération où figure même le mot d'interdépendance — c'est la « doctrine Fukuda ».

Les Japonais sont en effet intéressés à plusieurs titres au sort de l'A.S.E.A.N. Les pays de cette association leur sont nécessaires, qui disposent de ressources naturelles importantes, dont les marchés sont potentiellement immenses et dont même l'utilité financière — c'est le cas de Singapour — n'est plus à démontrer ; tous appartiennent, au surplus, au périmètre de sécurité de l'archipel. Le Japon, averti de la menace soviéto-vietnamienne, a voulu renforcer l'A.S.E.A.N. En 1979, il a consenti aux membres de cette association, et principalement à la Thaïlande, une aide de près de 600 millions de dollars. Collaborant pour près de cent millions de dollars cette même année à l'action en faveur des réfugiés, il soutient par ailleurs les positions de l'association sur le règlement du conflit indochinois, dans un esprit généralement semblable à celui de Singapour. On retrouve là un exemple de la préférence japonaise pour les moyens diplomatiques et financiers. Soucieux de stabilité régionale, Tokyo entreprend de la promouvoir avant d'avoir à assurer militairement sa sécurité.

C'est autour du concept du « bassin du Pacifique » que ce régionalisme nippon s'est le plus nettement affirmé. Les relations du Japon avec les pays océaniens, mais surtout avec la côte ouest du continent américain et les nouveaux pays industrialisés d'Asie, le prédisposaient à imaginer l'organisation d'un nouveau pôle de puissance mondial dont il aurait été l'élément essentiel. Ainsi l'évolution engagée à partir de la rupture sino-soviétique, avec le retrait américain, aurait-elle favorisé l'avènement de ce nouvel âge du Pacifique naguère annoncé, après Toynbee, par le Premier ministre Sato. Les réticences, que l'histoire explique, de plusieurs pays d'Asie, la crainte de l'A.S.E.A.N. de se voir disparaître dans un ensemble plus vaste, la prudence des Japonais eux-mêmes et le pragmatisme des Américains ont pour l'instant confiné ce projet de « communauté du Pacifique » aux instances officieuses.

Quant aux membres de l'A.S.E.A.N., ils ne peuvent ignorer que leurs perspectives de développement dépendent largement du Japon. Le Premier ministre de Singapour, M. Lee Kuan Yew, appelait naguère de ses vœux des « accords de Lomé » pour l'Asie, unissant le Japon aux pays de l'association.

Mais le concept, en gestation depuis 1970 environ, et apparu pour la première fois dans le discours officiel nippon en 1980, lors des visites rendues par le Premier ministre Ohira aux pays d'Océanie, sous-tend désormais, pour une large part, la politique japonaise. Il vaut certes moins pour sa portée pratique, qui est, on l'a noté, réduite, que pour ce qu'il annonce. Il n'est pas indifférent que, discrète et attentive sur la question coréenne ou le sort de Taiwan, la diplomatie du Japon se soit montrée audacieuse sur l'émergence de la zone Asie-Pacifique. Cette audace ne pouvait être celle du seul tandem Ohira-Okita : le Japon pratique moins le gouvernement du leadership que celui du consensus. Qu'elle s'exprime désormais en style indirect ne doit pas conduire à la méconnaître.

Le Japon a donc bien, sur le plan régional, tiré les conséquences de la politique américaine. Mais on ne doit pas surévaluer le potentiel japonais. Les limites qu'il impose à son effort propre de sécurité, tout comme sa vulnérabilité intrinsèque, viennent borner son influence. Non sans pertinence, les Etats-Unis font valoir que le temps de leur suprématie absolue, c'est-à-dire de leur protection absolue, est révolu, et que le Japon doit mieux prendre en main son destin. Ils tirent argument des frictions commerciales elles-mêmes pour demander que l'archipel finance mieux, puisqu'il le peut, sa sécurité. Ils craignent que l'entêtement, selon eux irréaliste ou égoïste, des Nippons, ne disloque peu à peu l'alliance. Mais les pressions américaines ne paraissent pas de nature à trop modifier le partage des rôles auquel les Japonais veulent se tenir : l'influence au Japon, la tutelle à l'Amérique.

Il est tout d'abord exclu que le Japon se dote d'un armement nucléaire. Ses dirigeants et son peuple s'en tiennent aux trois principes du non-nucléaire, et l'on sait les remous qu'ont causés certaines transgressions de ces règles. La cicatrice d'Hiroshima reste profonde. Les Japonais, dans leur majorité, conviennent en revanche qu'un effort de défense conventionnelle supplémentaire est nécessaire. Les traditionnelles controverses sur le caractère constitutionnel ou non d'un tel effort semblent aujourd'hui dépassées (30). Les stratèges, qui fondaient autrefois leurs prévisions sur la poursuite de la détente — dans le Livre blanc sur la défense de 1976 —, ont adopté une vue de plus en plus pessimiste de l'équilibre des forces. L'accroissement des capacités militaires soviétiques, la fin de la suprématie absolue de l'Amérique, ont inspiré des choix nouveaux. Le gouvernement japonais a regroupé, sous le nom de « politique de sécurité globale », plusieurs mesures visant à moderniser le potentiel des forces d'autodéfense, notamment sur le plan de la défense aérienne et anti-sous-marine, et à élargir la coopération, dont les charges devront être mieux partagées, dans le cadre du traité de sécurité. Cela implique un effort financier qu'après la multiplication des pressions américaines, le Japon semble prêt à consentir. Aux termes du plan quinquennal de dépenses militaires pour 1983-1987, adopté en juillet 1982 par le gouvernement Suzuki, le budget de la Défense devrait franchir la barre des 1 % du P.N.B. Ce renversement de tendance doit être souligné. La décroissance des dépenses de Défense — en pourcentage du budget, de 13,6 % en 1955 à 7,1 % en 1979 et 5,2 % en 1980 —, voulue par des gouvernements soucieux de détente et sûrs de la protection américaine, avait amené le Japon à consacrer en 1980 87 dollars par tête à la Défense, contre 520 aux U.S.A. et 396 à la R.F.A. — qui n'entretient pas non plus d'armement nucléaire. Le changement des circonstances stratégiques interdisait de maintenir plus longtemps une telle attitude.

Il est cependant douteux que l'effort de défense du Japon augmente dans des proportions réellement significatives, au point qu'il permette à ce pays d'échapper à la tutelle américaine. Il y a à cela plusieurs raisons.

La première est précisément d'ordre financier. Le souci de limiter le déficit budgétaire interdit de trop consacrer à la Défense. Il est de fait que les budgets japonais sont, depuis quelques années, financés à près de 30 % par l'emprunt. En 1980, la dette atteignait 2 857 dollars par tête, ce qui correspondait à l'ensemble des dettes des Etats-Unis, de la R.F.A., de la Grande-Bretagne et de la France réunis. On comprend que le gouvernement souhaite mettre un terme à ces pratiques. Les dépenses militaires, dans un pays resté pacifiste, ne constituent-elles pas par excellence celles à réduire, ou du moins à accroître plus lentement que les autres ? Les Japonais peuvent être d'autant plus incités à tenir ce raisonnement qu'ils ont pris l'habitude d'être protégés. Ils visent assez, cyniquement, à la sécurité aux moindres coûts.

La seconde raison tient aux incertitudes qui affectent la définition des missions de défense du Japon lui-même. Les Etats-Unis semblent en attendre bien plus que ce à quoi il entreprend de mieux se préparer, c'est-à-dire une défense rapprochée. Ils paraissent souhaiter que la marine nippone, en particulier, possède la capacité de bloquer, en cas d'urgence, les détroits situés dans les eaux territoriales, et puisse en tout cas assumer la responsabilité de préserver les voies de communication dans le Pacifique du Nord-Ouest. Rien de tout cela n'est évident. Ces missions, qui doivent être assurées face à l'imposante flotte soviétique, supposent des capacités très supérieures à celles du Japon — une vingtaine de vaisseaux, une dizaine de sous-marins. En réalité, seule la suprématie navale permet une défense efficace. Il va de soi que cette suprématie continue d'être du ressort des seuls Etats-Unis.

La troisième raison est d'ordre politique.

Toute tentative sérieuse du Japon pour jouer un rôle militaire accru déstabiliserait en fait la région, allant à l'encontre du but recherché. Les générations au pouvoir n'ont pas oublié l'impérialisme nippon. On verrait se tendre trop fortement les relations avec l'U.R.S.S., puissamment organisée, sur terre et sur mer, autour de l'archipel. On verrait s'inquiéter la Chine, attentive malgré tout aux symptômes de renaissance du nationalisme japonais, et, évidemment, s'alarmer les pays d'Asie, autrefois inclus dans la sphère de coprospérité.

La quatrième raison est d'ordre psychologique. Le peuple japonais demeure attaché à la paix, même si les oppositions partisanes au réarmement se sont estompées et si les dirigeants ont adopté une vue généralement plus réaliste, moins idéologique, des problèmes de défense. Personne, quoi qu'il en soit, ne veut voir le Japon en revenir à une politique de présence militaire dans la région, dont l'issue s'est autrefois révélée désastreuse. De plus, le corps social, même conscient de la menace soviétique, mettra longtemps à changer d'habitudes. Les évolutions japonaises sont lentes. La recherche du consensus doit précéder la décision politique, dont la fonction est de le consacrer.

Des efforts substantiels seront faits. Mais le Japon recherchera toujours les avantages d'une certaine forme de passivité ambiguë dans laquelle la défaite, puis le renouveau, l'ont, mais différemment, conforté.

Devenu secrétaire d'Etat en 1973, Henry Kissinger se serait inquiété, après la restitution d'Okinawa, du futur des relations entre le Japon et les Etats-Unis. Un rapport lui aurait été remis, qui distinguait trois hypothèses : évolution du Japon vers l'autonomie totale, en matière de défense comme de politique étrangère ; rapprochement du Japon, aux fins de constitution d'un axe, avec la Chine, l'U.R.S.S. ou l'A.S.E.A.N. ; et, enfin, maintien de l'alliance américaine dans son aspect actuel. La dernière hypothèse était la bonne. Les Etats-Unis ont bien voulu infléchir cette alliance en faisant tirer au Japon les conséquences de son accession à la superpuissance économique. L'histoire, la psychologie, plus encore une volonté nationale dissimulée mais profonde, ont maintenu le Japon sous la tutelle. Sa vulnérabilité, si éclatante, lui interdit d'ailleurs les premiers rôles politiques. L'archipel, malgré les « chocs », commerciaux ou diplomatiques, malgré la brutalité américaine, voudra s'en tenir à ce partage des rôles qui lui réserve, au fond, une influence économique chaque jour plus grande.

Le Japon ne joue donc pas tout à fait le jeu de l'Amérique. Il a en partie comblé, par un rôle régional accru, le vide laissé par les Etats-Unis. Il a soutenu, en se rapprochant de la Chine, leur politique de l'équilibre. Mais il ne souhaite pas assumer le fardeau de la puissance à part entière. Une telle attitude profite, en dernière analyse, à la zone tout entière : elle dissipe la méfiance antijaponaise et rend l'intégration plus facile. Les Etats-Unis, quant à eux, chercheront ailleurs les dernières forces d'équilibre nécessaires. Car le pilier japonais ne peut soutenir seul tout l'édifice.

Le retour, dans le Pacifique, à une situation de multipolarité ne dispense certes pas les Etats-Unis de tout engagement. L'alliance avec la Chine ne peut être poussée trop loin, et le Japon n'est pas prêt à assumer des responsabilités régionales étendues. Les Etats-Unis sont conduits à compléter leur système d'équilibre par une politique de présence, diplomatique et militaire. Celle-ci, bornée au nécessaire, achève de garantir l'ordre qui permet à la zone de connaître, à l'écart des grandes secousses, le développement économique que l'on sait.

« *Je maintiendrai* ».

Si l'on excepte le renouvellement du traité de sécurité avec le Japon, toutes les alliances américaines en Asie sont antérieures à la rupture sino-soviétique. Elles ont été réinterprétées au moment du désengagement, et servent à présent à parer aux menaces résiduelles — celles que la neutralisation réciproque des deux grands du communisme n'empêcherait pas de naître.

L'alliance coréenne, qui a pris successivement la forme d'un accord bilatéral et d'un accord signé sous l'égide de l'O.N.U. et garanti par les Etats-Unis, est sans nul doute l'une des plus importantes. Liée à un continent généralement hostile, la Corée du Sud occupe une place capitale dans le système de défense américain. Elle est la clef de la sécurité du Japon. C'est, en outre, un pays dont la réussite économique vaut d'être protégée. C'est pourquoi les Etats-Unis, tout en admettant que la réunification constitue un objectif à long terme, réaffirment leur soutien à la Corée du Sud. Et ce, d'autant plus que ce pays, qui occupe dans l'Asie libre le deuxième rang économique et le premier rang militaire, tend à devenir une véritable puissance moyenne avec laquelle il faut compter. La relative carence militaire japonaise est d'ailleurs susceptible de lui permettre un accès plus rapide aux premiers rôles.

Tout cela explique que le président Carter ait différé les retraits des troupes américaines de Corée, et que le président Chun, élu en août 1980 à la tête de l'Etat coréen en remplacement de Park Chung Hee, ait été le premier homme politique reçu officiellement à Washington par le président Reagan. Les Etats-Unis ont accepté d'accroître leurs ventes d'armements à la Corée du Sud, et ont indiqué qu'ils ne prendraient l'initiative d'aucune action unilatérale en direction de Pyongyang. Rassurant leur allié, ils le mettent en valeur et l'encouragent, restaurent ainsi la crédibilité de leurs engagements en Asie.

Le problème de Taiwan est, on l'a vu, plus complexe, puisque la Chine populaire est au premier chef intéressée à sa solution. L'accord de 1954 a été sacrifié à la normalisation. Depuis le 1er janvier 1979, date d'établissement des relations entre la République populaire de Chine et les Etats-Unis, ces derniers ne reconnaissent plus Formose ; les relations commerciales demeurent cependant. Depuis l'Acte relatif aux relations avec Taiwan d'avril 1979, elles sont, sur le plan administratif, de la compétence d'un « Institut américain à Taiwan » qui constitue en réalité une quasi-mission diplomatique.

Tous les voisins de Taiwan commercent d'ailleurs avec l'île : le Japon, Hong Kong, l'Australie, l'Indonésie, Singapour, la Thaïlande, la Malaisie, la Corée du Sud, les Philippines et la Nouvelle-Zélande. L'Amérique elle-même continue de lui fournir des armes, bien que les modalités de cette aide fassent l'objet de discussions avec la Chine populaire. Il peut s'agir là d'une hésitation entre les deux Chines ; il peut aussi bien s'agir d'une appréciation cynique des motivations des parties en présence : l'Amérique peut aisément se convaincre qu'il ne servirait à rien de sacrifier Taiwan à la carte chinoise, puisque l'attitude de la Chine lui est moins dictée par cette question territoriale que par la crainte des Russes ; aussi bien l'abandon de Formose ébranlerait-il, pour un gain diplomatique quasi nul, une confiance en l'Amérique déjà bien fragile dans cette région du monde.

Il y a donc de fortes raisons de croire en la persistance du *statu quo* qui fait de l'île une entité à part sur le plan du droit international. Taiwan ne se proclamera pas, semble-t-il, Etat indépendant, en renonçant à sa prétention de représenter toute la Chine. La République populaire ne cessera pas de réclamer le retour de l'île à ce qu'elle considère comme la patrie.

Les gouvernements américains navigueront, au jour le jour, entre ces deux écueils que sont la perte de l'île et le refroidissement des relations avec la Chine continentale.

En Asie du Sud-Est, les Etats-Unis continuent d'être liés aux Philippines et à la Thaïlande, s'ils n'y entretiennent pas de troupes. Ils portent une attention renouvelée à l'association des nations du Sud-Est asiatique. Washington avait été, en son temps, le souscripteur principal, avec le Japon, de la Banque asiatique d'investissement, dont les prêts bénéficient particulièrement aux pays de l'A.S.E.A.N. On sait les intérêts économiques qui l'attachent à ceux-ci. L'A.S.E.A.N., consciente du poids du Japon et des Etats-Unis, a d'ailleurs paru souhaiter développer ses échanges avec l'Europe : c'est une chance dont la R.F.A. a largement profité. Quoi qu'il en soit, la proximité du péril soviéto-vietnamien ne dispose guère l'association — quelles que soient les velléités d'indépendance et de leadership, au vrai atténuées, de certains de ses membres, comme l'Indonésie — à refuser les concours américains. Mais le soutien des Etats-Unis, plus net après les affaires cambodgienne et afghane, manifesté notamment par la visite du secrétaire d'Etat Haig en 1981, voit son efficacité limitée par les divisions internes à l'association, qui portent au premier chef sur le rôle de la Chine. Ces divisions empêcheront pour longtemps l'A.S.E.A.N. de constituer le pôle intégré, politique, diplomatique et militaire, dont certains rêvent.

Deux Etats membres de l'A.S.E.A.N., la

Malaisie et Singapour, voient par ailleurs leur sécurité garantie par un accord passé dans le cadre du Commonwealth : le « five power defense arrangement » qui les lie au Royaume-Uni, à l'Australie et à la Nouvelle-Zélande. Depuis la Seconde Guerre mondiale, ces deux derniers pays ont résolument choisi le camp américain. Ils jouent un rôle décisif dans la recherche de l'équilibre dans la zone. Ils servent tout d'abord d'alliés fidèles dans le Sud-Est asiatique : ils ont signé le traité instituant l'O.T.A.S.E. et participé à la guerre du Vietnam, et sont toujours intéressés, par accord, à la défense de la Thaïlande. L'Australie a d'ailleurs été le premier Etat extérieur du Sud-Est asiatique à établir, en 1974, une représentation diplomatique auprès de l'A.S.E.A.N., avec laquelle les frictions à propos de commerce seront cependant fréquentes. Soucieux de soustraire l'océan Pacifique à la rivalité des grandes puissances, l'Australie et la Nouvelle-Zélande ont d'autre part tiré les leçons de la montée en puissance de l'U.R.S.S. et mettent leur influence régionale croissante au service de l'Amérique. Ils resserrent leurs liens avec les Etats du Pacifique, groupés depuis 1971 en un « Forum », et leur dispensent une aide généreuse. Ils soutiennent la présence des Etats-Unis : l'Australie, en particulier, accorde à ces derniers des facilités portuaires, défend leur implantation à Diego Garcia et participe à des manœuvres navales conjointes. L'attachement de l'Australie au concept de communauté du Pacifique, évoquée officiellement pour la première fois à Canberra, est le symbole de cette conscience de la force des intérêts communs aux Etats libéraux de l'ensemble de la zone.

Le souci des Etats-Unis de ne permettre à aucun Etat, et en particulier pas à l'Union soviétique, de détenir la supériorité militaire dans la zone, les conduit à maintenir leur présence armée. Ainsi complètent-ils directement le mécanisme d'équilibre que leur diplomatie s'attache à monter. Il n'est question ni d'abandonner l'Asie, ni non plus de se substituer à elle comme jadis (31).

Les Américains continuent de maintenir près de 35 000 soldats dans cette région, en Corée d'abord, à Hawaii ensuite. Ils déploient une force aérienne de près de 300 avions de combat à partir du Japon, de la Corée du Sud et des Philippines. Surtout, la septième flotte, composée de 55 vaisseaux dont 2 porte-avions, qui opère soit dans le Pacifique, soit dans l'océan Indien, leur assure la prééminence. Elle est flanquée d'une force amphibie stationnée au Japon, et d'unités anti-sous-marins basées au Japon, aux Philippines et à Guam.

Face au renforcement de la puissance soviétique, les Etats-Unis ont non seulement démenti nourrir des velléités de retrait, mais encore amélioré les capacités de leurs forces navales et aériennes. Ils se sont assurés à nouveau en 1979 de pouvoir conserver leurs bases philippines, qui leur permettent, avec celles du Japon, de la Corée du Sud, de Guam et des îles du Pacifique, de garder l'avantage sur l'Union soviétique dont la marine progresse, sans trop d'appuis, dans un univers généralement hostile.

Quoi qu'il en soit, le problème de la sécurité des voies de communication préoccupe les stratèges américains, conscients qu'en ce domaine, il est plus facile d'attaquer que de défendre. La réorientation vers le Pacifique de leurs forces navales répond à ce souci. En avril 1980, la stratégie du *swing* — le mouvement vers l'Europe en cas de crise — a été abandonnée (32). L'intérêt renouvelé pour l'océan Indien ne signifie nullement que cette priorité au Pacifique ait aussitôt disparu, car, on l'a vu, la sécurité des voies de communication dans l'océan Indien est tout aussi vitale pour l'économie de la zone Asie-Pacifique.

Ce sont bien les rivalités de puissances qui, donnant à la zone sa fluidité, permettent aux Etats-Unis d'y maintenir une hégémonie subtile. La stabilité assurée par la confrontation, les jeux de l'échange s'y donnent libre cours. La région Asie-Pacifique, en croissance économique, peu coûteuse politiquement, est pour les Américains une région « rentable ». La comparaison avec la situation européenne doit inquiéter les Européens.

Il ne faut pas se méprendre sur le caractère exact de cet équilibre du Pacifique. C'est un équilibre naturel, que les intérêts nationaux maintiendraient alors même que la politique américaine, trop souvent hésitante, y faillirait.

Il peut être différemment atteint. Il peut s'établir à des degrés très divers de risque et de rivalité. Il admet nombre de combinaisons, et même l'erreur et l'incertitude dans la composition de ces combinaisons. Mais l'essentiel tient dans la neutralisation réciproque, quelles qu'en soient les formes, des deux grandes puissances communistes. Dès lors que leur alliance est exclue, on peut imaginer, au gré des circonstances, d'offrir son aide à l'une ou à l'autre de ces puissances ; d'exercer des pressions plus ou moins fortes sur le Japon, allié privilégié, pour l'inciter à acquérir une stature militaire ; d'apporter un soutien plus ou moins vigoureux à l'ordre régional.

Les Etats-Unis, inquiets de la menace soviétique, tirent aujourd'hui parti d'une manière essentiellement antisoviétique de la situation de multipolarité existant dans la région. Qu'ils changent de préoccupation, et la stabilité régionale ne sera pas pour autant compromise : c'est la multipolarité qui compte, plus que l'usage qu'on en fait. De là vient que les erreurs américaines, tout comme les refroidissements, les tensions entre partenaires, les divergences de vues, sont de moins de conséquences qu'on ne le dit. L'équilibre n'est ni pur ni parfait. Il est simplement, et assez paradoxalement, plus facile qu'ailleurs.

CHAPITRE IV

Ordre et mouvements

Le monde Pacifique est donc un monde stable et un monde en expansion. Mais une chose est de le constater, une autre d'imaginer son avenir et de décrire les mécanismes qui permettront son avènement. La tentation est toujours grande d'organiser les faits pour construire un modèle aux secrets fabriqués. Ainsi les leçons des évolutions économiques ne sont guère faciles à tirer. Le plus souvent, ceux qui cherchent l'idée simple ou la cause première se laissent enfermer dans leur déterminisme. L'école de pensée marxiste donne souvent l'exemple d'efforts impressionnants, mais vains, parce que statiques, et dont les explications se trouvent rapidement démenties ; on a déjà vu combien l'analyse du sous-développement comme produit du développement était réductrice. Sans doute en va-t-il de même de certaines approches naïves de la suprématie du Pacifique.

L'idée n'est en effet pas neuve : ni dans le Pacifique, qui a entendu parler, depuis M. Sato en 1969, nombre de personnalités locales sur ce thème, ni en Europe ou même en France, où chacun y trouve ce qu'il veut pour justifier les dogmes ou prédire trop facilement l'avenir. Il est relativement aisé, en effet, de dresser un état des lieux et de mesurer l'apport du Pacifique à la création de la richesse mondiale. Mais il importe désormais de rechercher, plus avant, les facteurs de développement et d'intégration de cette région. Le premier d'entre eux tient à la conscience d'une interdépendance des pays qui la composent. La description des stratégies nationales s'avère à ce titre indispensable. Mais, pour mieux apprécier cette réalité, il faut éliminer dès l'abord quelques idées fausses.

La première résulte de l'addition pure et simple des produits nationaux bruts. Il n'est pas raisonnable, même sur le plan économique, d'inclure un pays dans la zone Pacifique sous le seul prétexte qu'il a quelques kilomètres de côtes sur cet océan. Il n'est pas non plus fondé de procéder à l'addition des réserves minières ou agricoles, voire sous-marines, de la zone, et d'en conclure que cette profusion fait à elle seule de la région un pôle économique. La jungle et la Sibérie recèlent aussi des potentialités inexplorées. Il convient donc d'éviter de composer, sur des critères géographiques, un monde fabuleux, et de retenir les seuls pays dont la croissance importe et qui ont été évoqués plus haut : le Japon, les Etats-Unis, les N.P.I. d'Asie et les membres de l'A.S.E.A.N., ainsi que l'Australie et la Nouvelle-Zélande.

Ainsi voit-on que l'unité du bassin Pacifique est une fiction. Ce bassin se compose en réalité de deux sous-ensembles : le Pacifique Ouest, au centre duquel se trouve le Japon, fait face au Pacifique Est où les relations entre les Etats-Unis et ses voisins canadiens, mexicains et latino-américains s'avèrent prédominantes. L'axe Nord-Sud traversant les deux continents américains est trop réel et stable pour être négligé. En 1970, l'Amérique centrale et latine vendait 33,3 % de ses exportations à l'Amérique du Nord, et 12,3 % aux pays la composant. En 1978, les chiffres étaient toujours de 33,6 % et 14,6 %. Cette même année, ils étaient de 4,6 % pour le Japon, 0,8 % pour l'Asie de l'Est, 0,5 % pour l'A.S.E.A.N. et 0,2 % pour l'Océanie. L'ampleur, d'ailleurs relative, des liens commerciaux avec le Japon s'explique par la stratégie mondiale de conquête des marchés par les industriels nippons ; pour le reste, les autres chiffres montrent bien que la présence sud-américaine dans le Pacifique ne correspond aucunement à un rôle économique.

De même, l'Asie continentale — Viêt-Nam et ses satellites, Chine — ne participe pas non plus à la naissance du pôle de croissance. L'économie du Viêt-Nam est délabrée, l'isolement stratégique de ce pays évident. La Chine pose un problème plus sérieux. Son décollage reste éventuel. Les expériences de développement successives menées depuis vingt ans n'ont pas connu de succès. Une contrainte de financement drastique pèse sur la Chine, dont la taille est par ailleurs un défi à toute politique économique. Les Japonais, qui avaient fondé certains espoirs sur l'ouverture de la Chine, surtout après la signature du traité de 1978, se montrent dubitatifs. Quoi qu'il en soit, la croissance du Pacifique Ouest s'est faite sans la Chine, qui n'a maintenu tout au long des années 1960 et 1970 qu'un flux très faible de commerce avec la région par l'intermédiaire de Hong Kong. Il n'y a donc pas de raison logique d'inclure la Chine dans la description des stratégies du Pacifique. Tout au plus faudra-t-il envisager l'hypothèse d'un développement du marché intérieur chinois et de ses exportations pour en mesurer les effets sur la zone, soit bénéfiques en cas d'importations chinoises de biens d'équipement, soit dangereux en cas d'exportations de produits légers, notamment textiles. La masse chinoise est en effet considérable : même si la vitesse qui l'anime est faible, le produit des deux ne sera jamais négligeable.

Le monde Pacifique constitue donc bien un ensemble maritime, distinct et protégé du continent, et qui tend à s'organiser sous l'égide des pays du Pacifique Ouest, dont les logiques nationales se complètent.

L'interdépendance ne se mesure pas uniquement, en effet, par le renforcement des liens commerciaux. S'il en était autrement, on ne pourrait d'ailleurs pas parler sans excès d'intégration de la région ; car il est bien difficile de discerner à partir des statistiques d'échanges un accroissement de la part des pays du Pacifique dans le commerce de la zone. De 1970 à 1978, le Pacifique Ouest et l'Océanie ne comptent que pour 16,5 % dans le commerce américain et le Japon voit diminuer, sur cette période, de 66,7 à 62 % la part de son commerce avec le Pacifique. On a vu d'un autre côté à quelles fluctuations était soumis le commerce intrarégional, notamment entre Etats membres de l'A.S.E.A.N. Mais ces données commerciales ne révèlent pas le jeu des acteurs. Aussi faut-il leur substituer les données stratégiques qui seules permettent d'expliquer l'évolution du Pacifique.

La chance du Pacifique tient à cette rencontre de pays qui, du fait de développements économiques inégaux, se trouvent dans une situation de complémentarité susceptible de leur profiter. Cette complémentarité donnera sans doute naissance dans les années à venir à un accroissement de l'interdépendance économique et financière ; mais la situation actuelle n'est issue que des logiques nationales de développement. Au-delà d'une simple division du travail, la logique du Pacifique est celle de l'organisation du Pacifique Ouest en trois cercles, et de l'effet d'entraînement que celle-ci exerce, par sa force, sur les autres pays de la zone. C'est ce rayonnement qui explique la puissance de ce monde nouveau.

Trois cercles.

C'est dans la zone d'influence japonaise que gît le cœur du Pacifique. C'est elle qui détermine sa logique. La décrire, c'est évoquer un jeu qui concerne trois acteurs :

Le Japon doit, depuis l'époque de Meiji et son ouverture sur l'extérieur, importer pour se développer des quantités considérables de matières premières. Le souci permanent des gouvernements japonais est d'assurer l'approvisionnement énergétique et agricole de leur pays; il est au départ tant de sa politique d'investissements extérieurs que de sa politique étrangère. En contrepartie, le Japon a acquis une maturité économique telle qu'elle lui permet de dominer, dans le Pacifique Ouest, les secteurs des nouvelles technologies à forte valeur ajoutée.

Les nouveaux pays industrialisés, quant à eux, abandonnent peu à peu les industries légères et prennent place dans des secteurs et sur des marchés requérant beaucoup plus de capital et de savoir-faire. Leur stratégie de développement, on l'a vu, consiste alors à s'appuyer sur des exportations massives pour remonter peu à peu les filières.

Il est exclu qu'ils vivent en rentiers, ou même ralentissent leur marche en avant : les pays en voie de développement de la zone viendraient à les menacer, eux qui acquièrent des parts de marché sur des filières qui furent, voici dix ans environ, les moteurs de la croissance dans les N.P.I.

Ces politiques nationales se confondent dans une logique régionale. Les trois acteurs — Japon, N.P.I., pays en voie de développement — sont contraints à la fois de se développer et d'accroître le contenu en capital de leurs productions. Dans cette course, être rattrapé signifie décliner. La seule tactique possible pour un pays est alors d'abandonner le plus vite possible un secteur lorsqu'un autre pays parvient à produire un même bien à un moindre coût; ainsi le Japon abandonne-t-il peu à peu la construction navale, fleuron de son industrie lourde, au profit de la Corée du Sud qui doit se retirer par ailleurs d'une industrie textile envahie par les produits indonésiens. Un mouvement géographique et historique d'évolution des productions du Pacifique Ouest se dessine. L'exemple du textile permet précisément d'en prendre la mesure.

Au sortir de la guerre, l'économie japonaise se relève rapidement; les vieilles industries du coton et de la soie, puis celle des textiles synthétiques, connaissent dans les années 1950 et 1960 des taux de croissance importants. Pourtant, dès le début des années 1970, il paraît clair aux industriels nippons que l'ère de la croissance forte est terminée dans le domaine des synthétiques. Ils décident de se reconvertir dans la pétrochimie ou le produit textile spécialisé — article de sport par exemple. La première moitié au moins de la décennie 1970 est en effet marquée par la prépondérance de la « bande des quatre », formée par Hong Kong, Taiwan, Singapour et la Corée du Sud, qui fournit en 1981 le quart des exportations mondiales. Mais déjà ces pays connaissent des difficultés. Taiwan et la Corée du Sud mettent en place des plans massifs de restructuration aux fins de se spécialiser dans des produits sophistiqués et d'automatiser leurs chaînes de production. Comme le souligne plaisamment Noh Chin Shik, secrétaire général de la fédération coréenne de l'industrie textile, « il n'est plus question de fabriquer quantité de chemises blanches sans forme »; un fonds doté de 88 millions de francs est créé pour la recherche et la haute couture, et déjà Pierre Cardin signe un accord de coopération. Le temps presse : pour la première fois de son histoire, l'industrie textile taiwanaise a connu une réduction d'activité en 1980, et, à Hong Kong, les entreprises de filés fonctionnent à 50 % de leur capacité. Même si le nombre d'emplois dans ce secteur est suffisamment important pour que les dirigeants de ces pays décident de le soutenir, le textile ne fondera plus la croissance des nouveaux pays industrialisés : il s'est, d'ores et déjà, déplacé vers les pays de l'A.S.E.A.N. Ceux-ci présentent le double avantage de posséder une population considérable et les ressources pétrolières nécessaires à la production de fibres synthétiques. L'Indonésie devrait, dans les trois prochaines années, accroître de moitié sa production de synthétiques. C'est, bien conformément à la théorie du cycle du produit de R. Vernon (1), à un transfert de l'industrie textile traditionnelle que l'on assiste. En 1960, cette industrie était japonaise, en 1970 coréenne ou de Hong Kong, en 1980 indonésienne ou thaïlandaise. Un tel processus est certainement bénéfique aux pays les moins développés de la zone, assurés que leurs prédécesseurs, Japon et N.P.I., ne retiendront pas les industries. Mais le jeu ne se borne pas à ce transfert progressif pour le plus grand profit des pays moins développés. Il sert également l'expansion des autres acteurs.

Le Japon et les N.P.I. tiennent de leurs différences de développement la possibilité de mettre en place une division horizontale du travail. Taiwan, comme tous les autres N.P.I.

de la zone, se plaint d'un déficit commercial toujours croissant avec le Japon, et a même pris en 1982 des mesures restrictives à l'égard des produits en provenance de ce pays. Ce déficit s'explique par le caractère du commerce entre ces deux Etats : Taiwan vend au Japon des biens de consommation et lui achète des biens d'équipement. La nature même du développement national de Taiwan, de la Corée ou de Singapour, profite au Japon, puisque ces pays s'adressent à lui pour acheter le capital ou la technologie dont ils ont besoin. Au contraire d'un schéma de division verticale du travail, type métropole-colonie, où le pays qui se spécialise dans les produits industriels est en position de force vis-à-vis du producteur de matières premières, ce mode de relations, s'il favorise le Japon au plan des échanges bilatéraux, permet aux N.P.I. d'une part de s'approprier rapidement les derniers acquis technologiques, d'autre part d'accroître la qualité de leurs produits et de remonter rapidement les filières.

La contrainte qui vient de la concurrence toute proche des pays en développement trouve ici sa contrepartie, puisque les N.P.I., absorbant les biens d'équipement japonais, peuvent abandonner aux pays de l'A.S.E.A.N. les secteurs moins capitalistiques. Ainsi voit-on naître une évolution ascendante et simultanée des gammes de produits échangés entre le Japon et les N.P.I. Au fur et à mesure de l'enrichissement des N.P.I. en biens de production, le Japon leur vend des biens d'équipement de plus en plus élaborés. Les échanges horizontaux se sont toujours traduits par un renforcement des liens entre les pays concernés et par un bénéfice considérable pour l'ensemble des partenaires. Tel est bien, du reste, l'enseignement à tirer de l'entreprise de construction européenne. Les Français, vendant des automobiles aux Allemands qui leur en achetaient par ailleurs, ont pu développer leur industrie et la soumettre à une concurrence indispensable. L'apparition d'une division horizontale du travail, notée par le Pr Shinohara (2), peut préluder à un renforcement très important des échanges entre le Japon et les N.P.I. Ces deux acteurs trouvent en outre dans les pays de l'A.S.E.A.N. des débouchés de plus en plus vastes.

L'étude des statistiques démographiques, on l'a vu, révèle clairement l'ampleur d'un marché de l'A.S.E.A.N. à augmentation rapide de pouvoir d'achat. Les industriels japonais ou coréens sont d'ores et déjà convaincus du caractère décisif, à échéance de vingt ans, d'une demande massive de biens durables de la part de populations longtemps retenues dans la pauvreté. Autant le marché européen de l'automobile est saturé, autant le marché indonésien ou philippin est ouvert à ce symbole de réussite sociale. Les protagonistes ont déjà commencé d'explorer en conséquence certains marchés. En quelques années, les ventes de transistors en Thaïlande ont progressé de manière telle que, la production locale ne pouvant suffire, les importations ont été très sensiblement accrues. Les Japonais ont, ainsi qu'à l'ordinaire, dépassé leurs concurrents et tenaient en 1975 36 % du marché. Mais celui-ci se compose essentiellement de produits de bas de gamme, dont les Japonais savent qu'ils ne pourront pas les produire indéfiniment à un meilleur coût que celui des nouveaux pays industrialisés dont les charges salariales sont beaucoup plus faibles. Ils ont donc cessé de poursuivre des objectifs quantitatifs et recherché plutôt la qualité. Une redistribution des cartes s'en est suivie. En 1977, les Nippons ne tiennent plus que 15,2 % du marché, en 1980, 9 %. Dans le même temps, Taiwan les remplace et progresse de 15 % en 1975 à 39 % en 1980. Il est intéressant de remarquer que les Japonais réussissent toutefois à réaliser un chiffre d'affaires de 8 milliards de bahts en vendant 7 880 transistors en 1980 alors que les Chinois ne gagnent que 3 milliards de bahts pour 40 500 transistors. Les différentes parties prenantes occupent donc bien la place que leur réserve la hiérarchie de leurs systèmes productifs : les Japonais s'attribuent les biens de consommation et d'équipement sophistiqués, les N.P.I. les biens de consommation et d'équipement riches en capital, les pays en voie de développement les biens de consommation traditionnels.

Les pays en développement intéressent déjà, en raison de leurs perspectives de croissance, investisseurs et gouvernements. Le tour des capitales de l'A.S.E.A.N. effectué en juillet 1981 par le président sud-coréen Chun Doo Hwan le montre clairement. L'A.S.E.A.N. est, après le Moyen-Orient, le deuxième marché de travaux publics pour la Corée. Le déficit de ce pays avec l'A.S.E.A.N. pourrait dans les prochaines années se muer, par l'implantation locale d'usines sud-coréennes, en excédent. Les Coréens savent en effet que s'ils ne peuvent encore lutter avec les pays industrialisés, des progrès dans les productions locales sont d'autre part inéluctables. Le temps leur est donc compté. La solution consiste à investir localement en offrant leur savoir-faire, sans oublier de rappeler que leur présence ne saurait être assimilée à celle des anciens colonisateurs. Le séminaire organisé par le patronat sud-coréen à la veille de la visite présidentielle fournit un excellent exemple de cette attitude (3). Les démarches coréennes n'en sont certes qu'à leurs débuts, l'A.S.E.A.N. ne représentant que 7 % du commerce extérieur du pays. Elles n'en révèlent pas moins un état d'esprit significatif.

La logique du Pacifique Ouest concerne tous les pays qui s'y trouvent situés sans distinction de taille ou de puissance. Le cercle est « vertueux » pour tous. Le Japon assure son approvisionnement en matières premières, vend sa technologie aux N.P.I. et ses biens de consommation aux pays moins développés. Ceux-ci acquièrent les moyens de mettre en place leurs industries légères. Les N.P.I. profitent de la division horizontale du travail instaurée avec le Japon et se préparent à prendre place sur le marché de l'an 2000 que représente le marché du Sud-Est asiatique, alors que, dans le même temps, l'Europe et les Etats-Unis pourraient bien se fermer sur eux-mêmes. Il faut souligner le caractère dynamique de cette logique : cet enchaînement a l'apparence d'un mouvement perpétuel. Les complémentarités entre les protagonistes ne sont bénéfiques que si chacun accroît sans cesse la qualité de ses produits et n'hésite pas à se retirer des industries pour lesquelles il n'est plus compétitif. Il ne saurait être question pour le Japon et les N.P.I. de bloquer, par exemple en fermant leurs frontières, le développement des industries légères des pays de l'A.S.E.A.N. Une telle attitude, inutile car ces derniers trouveraient ailleurs les débouchés nécessaires, serait en outre dangereuse, car l'entrave ainsi créée au processus de croissance des Etats en développement porterait atteinte aux intérêts à long terme du Japon et des N.P.I., qui misent avec raison sur l'émergence d'un marché acheteur au sud de leurs côtes.

Bénéfique et dynamique, la logique du Pacifique a des raisons de durer. Il ne s'agit pas là d'une vocation particulière à la prééminence économique qui serait seule cause de la substitution du Pacifique à l'Atlantique, mais seulement, pour l'heure, de la rencontre de trois dynamiques de développement autonomes et hiérarchisées. Cette hiérarchie peut certes donner naissance, tôt ou tard, à des effets de domination ; ceux-ci ne sont, on l'a vu, que la contrepartie finalement peu coûteuse d'un bénéfice plus grand. En définitive, c'est bien la hiérarchie des systèmes productifs, telle que la reflète la structure des exportations des pays de la zone, qui supporte l'ensemble. Elle explique pourquoi la logique du Pacifique tend à s'étendre au-delà de cette région du Pacifique Ouest qui la voit naître. D'autres pays sont en effet attirés dans le jeu pour y prendre leur part.

Effets d'entraînement.

En haut de l'échelle, le Japon ne peut rester trop longtemps seul. Les Etats-Unis ont les moyens de le rejoindre. Ils s'y efforcent désormais à partir de leur façade Pacifique qui s'étend de l'Etat de Washington à la Californie. Se trouvent ainsi justifiées les prédictions des hommes d'Etat américains du XIXe siècle, Roosevelt, Hay, Seward (4). Il existe un évident parallélisme entre la croissance brutale de Los Angeles, par exemple, et celle du Pacifique Ouest. On peut noter plus d'une analogie entre les comportements. La Californie a, au même titre que le Japon et les N.P.I. d'Asie, pris rang dans les palmarès de performances économiques. Dans son ascension, Los Angeles a bousculé Chicago ou San Francisco, et se prépare à devenir le New York de la côte ouest. Orange County, Newport Beach, Thousand Oaks, ces banlieues nouvelles, groupent les centaines de milliers d'habitants qu'emploient les industries de pointe. Les Mexicains, les Asiatiques arrivent en masse comme autrefois les Européens sur la côte atlantique ; en 1982, 22 % des habitants de Los Angeles sont nés à l'étranger et un tiers parle à son foyer une autre langue que l'anglais. La ville, avec 11 millions d'habitants, est le principal centre industriel de l'Ouest. Une étude de la Security Pacific National Bank (5) souligne que les deux tiers de la main-d'œuvre californienne sont concentrés à Los Angeles et que la production de cette dernière atteint 173 milliards de dollars, soit un montant supérieur à celui de l'Australie, de l'Inde ou de la Pologne. La Californie, dont la population à la fin du siècle sera de 30 millions d'habitants, est la huitième puissance mondiale. Elle dispose de larges perspectives d'avenir. Sa croissance, notamment dans le secteur des services et des technologies de pointe, devrait se révéler plus rapide que la croissance américaine et englober tout l'arrière-pays, de San Diego à la frontière mexicaine, à l'Arizona ou au Nouveau Mexique. La population de ce dernier Etat double tous les vingt ans. Ces terres nouvelles sont des terres d'accueil pour les industries de pointe auxquelles les limites de la croissance dans la Silicon Valley ou même à Los Angeles imposent de se déplacer.

Los Angeles fut d'abord la base arrière de l'Amérique en Asie. Les conflits d'Extrême-Orient ont largement contribué au développement de la Californie du Sud. La guerre du Pacifique a donné à son industrie aérospatiale une dimension majeure, accrue ensuite du fait de l'engagement en Corée et au Viêt-nam. Les industries d'armement jouent aujourd'hui un rôle considérable dans cette région des Etats-Unis : la moitié des commandes de missiles ou de systèmes spatiaux du Pentagone sont passées en Californie. Le port de San Diego, qui regroupe 20 % des forces navales américaines, est le siège du commandement des forces navales de surface et de l'aéronautique navale du Pacifique. Sur le plan humain, Los Angeles est devenue une tête de pont de l'Asie, qui compte la plus grande colonie japonaise du monde après São Paulo, la plus importante colonie coréenne, et accueille la plupart des réfugiés vietnamiens. Cette présence humaine est à la mesure des échanges privilégiés établis entre la Californie et le Pacifique Ouest.

Les échanges entre la Californie et les pays du Pacifique Ouest représentent plus des deux tiers du commerce extérieur californien ; le chiffre est à peu près le même pour l'ensemble de la côte ouest. Le Japon y contribue pour la moitié. Ainsi, 42 % de l'équipement électronique, 66 % des automobiles et 70 % des équipements scientifiques et optiques importés en Californie en 1981 provenaient du Japon. A l'inverse, le tiers des productions agricoles californiennes lui était destiné. De tels chiffres montrent bien l'existence d'une division verticale du travail entre la Californie et le Japon. Ce dernier vend des automobiles et de l'électronique alors que la Californie vend des matières premières (charbon, produits agrcioles), et, à l'autre extrémité de l'échelle de la valeur ajoutée, des produits très perfectionnés, périphériques d'ordinateurs ou fabrications d'aéronautique. Au total, à l'instar de l'ensemble américain, la côte ouest est déficitaire à l'égard du Pacifique — 4 milliards de dollars —, alors qu'elle est excédentaire — 3 milliards de dollars — vis-à-vis de l'Europe occidentale.

La façade Pacifique des Etats-Unis est donc en mesure de prendre part au jeu du Pacifique Ouest. Puissance agricole et technologique par elle-même, elle est au premier chef intéressée par le développement de la zone. D'ores et déjà, les universitaires californiens estiment que le leadership américain sur les industries de pointe ne pourra pas être maintenu et qu'il devient nécessaire soit de s'associer au géant japonais, soit de former un front uni Europe-Etats-Unis pour le combattre. Cette dernière attitude ne sera sans doute pas adoptée. Les relations de la façade Pacifique avec l'Europe sont en effet réduites. Avec près de 1 % du commerce extérieur de la côte ouest, la France, par exemple, n'est pas plus présente dans cette partie du monde que la Chine populaire. La voie qui s'ouvre à l'Ouest américain est donc celle du resserrement des liens avec le Japon d'abord, avec les pays du Pacifique Ouest ensuite. Ainsi les Etats-Unis dans leur ensemble s'engagent-ils dans un processus de réorientation qui modifie leur équilibre interne. Le centre de gravité de leur économie tend en effet à se déplacer du Nord-Est vieillissant vers l'Ouest et vers le Sud, plus dynamiques. Une telle évolution ne peut manquer, à terme, d'affecter leurs choix politiques ou diplomatiques. L'Europe doit craindre d'être insensiblement reléguée au second rang dans l'échelle des priorités, c'est-à-dire, à la fin, d'être abandonnée au profit d'horizons dits nouveaux. Cette question dépasse de loin, par son ampleur, celle des conséquences immédiates de l'arrivée au pouvoir, avec Reagan, d'une classe politique de « Californiens ». Il s'agit au fond de concevoir la somme d'avantages sans risque que présente le Pacifique pour une Amérique qui a perdu la suprématie mondiale absolue. Qu'elle soit soucieuse de croissance ou tentée à nouveau par l'isolationnisme, elle trouvera dans la région de quoi forger des desseins différents.

C'est bien par le moyen de l'agriculture et de la technologie que les Etats-Unis vont prendre part au développement du Pacifique. Les Américains savent que le Japon et les N.P.I. sont très dépendants des importations américaines de produits agricoles et que cette dépendance de l'Asie les favorise. Plus du tiers des productions agricoles californiennes devraient être destinées au Japon. Pour les Etats-Unis, ces liens ne doivent cependant pas conduire à un partage des rôles par lequel, pourvoyeurs de biens agricoles, ils seraient voués à subir l'afflux des produits de haute technologie japonais et des biens de consommation coréens ou taiwanais. De là la volonté de conserver une avance sensible dans le domaine des industries de pointe, qui se traduit en particulier par une compétition nippo-californienne extrêmement rude. De là, également, la méfiance qu'entretiennent les Américains à l'égard des investissements japonais dans les industries d'avenir. Pour l'heure, les investissements japonais dans la seule Californie représentent à peu près un tiers de ceux réalisés par le Japon aux Etats-Unis ; et sur 800 firmes japonaises ayant investi en Californie, 550 sont installées à Los Angeles. Ces implantations correspondent généralement soit à des industries légères et d'assemblage en électronique grand public, soit à des investissements commerciaux ou bancaires. Mais, peu à peu, soutenus par la « Japan Society of Northern California », qui étend sans cesse le champ géographique de ses interventions, les investisseurs japonais pénètrent dans les secteurs de pointe, comme en témoigne la récente prise de participation de Fuyitsu dans Amdahl. Cette menace commence d'être prise en compte. De même, les Américains sont-ils désormais soucieux de renforcer leur présence dans les autres pays du Pacifique Ouest afin de ne pas laisser le seul Japon bénéficier des retombées économiques de leur expansion. Inquiétant, stimulant, attirant, le Pacifique Ouest exerce donc sur la côte orientale des Etats-Unis une influence croissante. Elle peut espérer y trouver une région de débouchés pour ses produits agricoles et technologiques, mais aussi l'occasion de créer un condominium nippo-américain aux ambitions mondiales sur les énergies nouvelles (6). La force de cette alliance réduirait alors l'Europe à un rôle marginal (7).

A l'instar des Etats-Unis, l'Australie et la Nouvelle-Zélande subissent les effets d'attraction du développement du Pacifique Ouest ; ces puissances océaniennes offrent, dans la région, l'exemple le plus net d'une réorientation géographique de leur commerce extérieur autour du nouveau foyer de croissance. En vingt ans, l'Australie est passée du statut de colonie économique britannique à celui de pourvoyeur en matières premières du monde Pacifique et particulièrement du Japon. Sur le plan économique, comme sur le plan diplomatique, elle appartient enfin à l'Asie. La zone Pacifique compte pour les deux tiers, et le Japon pour un quart de son commerce extérieur. Depuis la crise pétrolière de 1973, la conscience accrue qu'ont les Japonais de leur dépendance à l'égard de pays du Moyen-Orient, fragiles et mal maîtrisables, les amène à chercher des ressources minières en d'autres points du globe. L'Australie, proche, paisible et sûre, constitue à cet égard un terrain rêvé. De fait, la reconversion au charbon de la sidérurgie japonaise s'est traduite ces dernières années par un accroissement important des achats japonais de coke d'Australie et par une pénétration notable des Nippons sur le marché financier de ce pays. Désireux de mieux assurer la stabilité de leur approvisionnement, les Japonais ont multiplié les prises de participation ou les « joint ventures » dans le secteur minier. Ils sont devenus en quelques années le troisième investisseur étranger en Australie. Les Etats-Unis demeurent au premier rang; ils achetaient traditionnellement du bœuf et de la bauxite à l'Australie et lui vendaient des machines. Cette structure d'échanges devrait être sensiblement modifiée au cours de la prochaine décennie, l'Australie devenant le principal fournisseur d'aluminium, produit hautement stratégique, et exportant en outre du gaz naturel liquéfié et de l'uranium. L'une des caractéristiques essentielles du Pacifique Ouest est la pauvreté en matières premières : l'Australie, et à un moindre degré la Nouvelle-Zélande, en retirent la possibilité d'une participation à l'expansion. Leur protection tarifaire élevée, comme leur situation économique en général, les apparentent plus à des rentiers qu'à des parangons du dynamisme et de la concurrence; mais leur dotation en matières premières, permettant de compléter les apports des pays de l'A.S.E.A.N. — apports susceptibles de diminuer au fil de leur développement —, leur confère un rôle d'importance dans l'avènement du Pacifique.

Ainsi l'entrée en scène d'acteurs nouveaux ne perturbe-t-elle pas l'organisation hiérarchique de la zone. Au triangle Japon-N.P.I.-A.S.E.A.N., s'ajoutent les Etats-Unis et les deux puissances d'Océanie. Ces trois pays, dont la vocation régionale est évidente, concourent à la croissance du Pacifique Ouest par leurs matières premières et par leurs technologies de pointe. Les Etats-Unis offrent en outre leur marché interne à l'expérimentation des N.P.I. et des pays en développement. Mais c'est bien l'activité japonaise qui détermine l'intégration de ces derniers venus.

Le Japon est au centre.

La domination du Japon est attestée en premier lieu par les soldes commerciaux excédentaires qu'il entretient avec la quasi-totalité des pays de la zone, exception faite de ces producteurs de matières premières, tels l'Indonésie et l'Australie, dont il entend par ailleurs contrôler l'économie en appliquant une politique d'investissements massifs. Cette domination se double d'une inégalité due à un effet de taille : une même valeur exportée représentera une part importante du commerce d'un petit pays, mais une faible part de celui du Japon. Le Japon représente ainsi un quart des débouchés de l'A.S.E.A.N., alors que celle-ci n'occupe qu'un dixième du commerce nippon. Il est clair que le Japon dispose de moyens de pression non négligeables et qu'en tout cas l'évolution de sa conjoncture propre affecte, parfois violemment, les pays de la zone. Cet argument vaut également pour les Etats-Unis ; mais le Japon a sur ceux-ci l'avantage de maîtriser particulièrement bien son marché intérieur et donc de pouvoir réduire, si nécessaire, ses importations dans des proportions appréciables. Les N.P.I. et les pays de l'A.S.E.A.N. ne peuvent au contraire se passer des importations en capital qui soutiennent leur développement, alors que l'intégration de plus en plus poussée des processus de production dans l'industrie les empêche pratiquement de substituer dans des conditions satisfaisantes une technique à une autre.

Les investissements japonais à l'étranger organisent d'autre part la région autour des besoins et de l'économie de l'archipel. En 1969, les investissements japonais dans les pays de l'A.S.E.A.N. comptaient seulement pour le tiers de ceux des Etats-Unis ; en 1976, ils étaient de moitié plus importants. Une modification du comportement nippon est en effet intervenue au début des années 1970, lorsque la libéralisation des changes favorisa des sorties de capitaux rendues possibles par la nouvelle puissance de l'économie japonaise et la forte valeur du yen. Aujourd'hui, les investissements japonais dans cette partie du monde respectent la hiérarchie des pays et correspondent à des stades de développement différents. Ainsi les investissements en Corée, qui en représentent près de la moitié, s'ils s'expliquent par l'existence de liens historiques, sont, comme ceux pratiqués à Taiwan, Hong Kong et Singapour, destinés à délocaliser des productions qui ne sont plus compétitives sur le sol japonais, pour utiliser une main-d'œuvre peu coûteuse et disciplinée.

L'investissement japonais dans les N.P.I. est habituellement de taille moyenne, voire petite, et concentré dans les industries légères. Il est certain que ces caractéristiques se transformeront en raison de l'apparition dans ces pays d'un secteur industriel lourd. Ce n'est pas en réalité la concentration des investissements dans des secteurs clefs qui, maintenant les pays moins développés dans la faiblesse et la dépendance technologique, préserve la domination japonaise, mais plutôt les liens tissés entre les entreprises japonaises à l'étranger et leurs maisons mères. Une étude d'un échantillon d'entreprises japonaises à Taiwan a montré que celles-ci importaient pour 80 millions de dollars de biens du Japon en 1981, alors qu'elles en exportaient pour seulement 5 millions. En d'autres termes, les investissements japonais à Taiwan, estimés à environ 400 milliards de dollars, contribuent certainement à la croissance et à l'équilibre économique de l'île, mais maintiennent et renforcent son déficit vis-à-vis du Japon.

Les opérations d'investissement à l'extérieur voient se nouer des liens étroits entre la nouvelle entreprise et ses homologues du Japon ou d'ailleurs, qui favorisent la création de marchés privilégiés et l'orientation vers l'archipel d'un courant d'échanges quasi permanent. Ce faible retour vers le Japon des biens produits dans les N.P.I. est doublement explicable. D'abord, la nature même des investissements dirige les exportations vers les Etats-Unis et l'Europe. Le Japon a mis les N.P.I. au service de sa stratégie mondiale, notamment en tournant grâce à eux les quotas à l'importation fixés par les U.S.A. Ensuite, on s'aperçoit que les industriels japonais sont capables, lorsqu'ils exportent capitaux et technologies, de limiter les effets de retour. Instruits par leur propre expérience en matière d'imitation, ils savent que la compétition internationale voit souvent les élèves dépasser les maîtres. Aussi, dans la sidérurgie ou dans l'automobile, à Séoul ou à T'ai-pei, les Japonais exigent-ils de leurs acheteurs ou des pays hôtes que les produits en cause ne soient pas réexportés vers le Japon. Le seul fait qu'ils parviennent le plus souvent à imposer cette règle montre l'emprise qu'ils exercent sur les pays de la zone, même si ces derniers sont, comme on l'a déjà vu, plus intéressés *a priori* par le marché américain que par le marché japonais.

Les investissements nippons dans les autres pays de la région sont plutôt relatifs, pour l'essentiel, à une stratégie de diversification des ressources énergétiques ; des jalons sont cependant posés pour que l'industrie japonaise bénéficie à plein de la croissance future des marchés. Les efforts japonais pour moins dépendre du Moyen-Orient favorisent la zone, de l'Indonésie à l'Australie ou à la Malaisie. Près du tiers des investissements dans les pays en voie de développement de la zone s'opèrent dans le secteur minier. Par le mécanisme des *joint ventures*, les Japonais tentent de maîtriser l'exploitation des ressources et de séduire des pays qui manquent de capitaux. L'Indonésie tient une place éminente dans ces préoccupations. Environ 13 % du pétrole importé au Japon est indonésien, et le pétrole arabe emprunte des routes maritimes qui confèrent à l'Indonésie une grande importance stratégique. De plus, ses perspectives de décollage économique valent qu'on s'intéresse à elle.

Aussi les Japonais jugent-ils indispensable leur présence dans ce pays. Ils sont majoritaires dans près de 90 % des investissements qu'ils y réalisent. Etant à l'origine de 40 % des investissements non miniers effectués en Indonésie depuis 1947, ils tiennent dans son économie, et notamment dans les secteurs d'industrie légère qui, comme le secteur textile, seront les grands bénéficiaires du décollage, une place considérable. L'enrichissement de l'Indonésie, dont le Japon maîtrise l'économie, profitera à ce dernier pays. On peut voir là la confirmation de l'existence d'une stratégie intégrative d'origine nippone. Celle-ci s'applique d'ailleurs aussi aux autres pays de la zone. Depuis une date récente, les investissements japonais dans le domaine de la construction et de la promotion immobilière, jusqu'alors modérés, se développent rapidement. Le meilleur accueil est réservé, par exemple dans le cadre des vastes programmes de rénovation engagés à Singapour ou en Malaisie, aux initiatives du Japon.

Son industrie automobile accroît en outre sa présence, comme en témoigne le cas philippin. Le M.I.T.I. a d'ailleurs recommandé aux industriels opérant dans ce secteur d'investir en Asie : entre 1970 et 1979, le Japon a multiplié ses exportations par 10 et tenait en fin de période 70 % du marché.

L'investissement japonais dans la région Pacifique est donc difficile à classer selon les critères habituels de la théorie économique. Est-il le fruit d'un différentiel de taux d'intérêts, vient-il en soutien de la politique d'exportation, manifeste-t-il un souci de délocalisation, révèle-t-il un effet de domination ? Il serait trop simple de se borner à combiner ces interprétations. L'investissement japonais est, au-delà, un investissement stratégique. C'est celui d'une puissance qui comprend, prévoit, organise, d'une puissance qui peut attendre le profit et sait prendre le risque approprié. Ainsi la domination d'aujourd'hui prépare-t-elle celle de demain. La troisième révolution industrielle lui offre d'incomparables terrains d'exercice.

Il est tentant d'embrasser l'histoire d'un seul regard. Voici quelque temps les observateurs ont annoncé que le basculement de l'Atlantique au Pacifique du centre de gravité économique mondial correspondait à l'entrée dans l'ère de la communication. Comme autrefois le procédé Bessmer pour l'acier avait manifesté d'éclatante façon la supériorité Alantique, l'ordinateur serait le véhicule de la supériorité Pacifique. Certains ont même décelé dans les formes de la cuisine japonaise une prédisposition culturelle à l'activité chrono-industrielle moderne (8). La réalité n'est pas si simple, le partage des aptitudes et des rôles n'est pas si tranché. Il est bien vrai cependant qu'une vague de nouveaux produits utilisables dans la quasi-totalité des activités industrielles et tertiaires déferle sur les économies les plus développées. Leur intrusion dans la vie économique est d'une grande portée, que seule une matrice de Léontieff utilisée en comptabilité nationale permettrait d'apprécier exactement. L'introduction d'un micro-ordinateur ou d'un robot permet d'accroître la productivité et de diminuer la consommation d'énergie à peu près dans tous les secteurs, et notamment dans le tertiaire, dont on connaît depuis Colin Clark la prépondérance dans les économies développées. Les gains de productivité y présentent un caractère vital pour ces économies, engagées depuis le milieu des années 1960 dans une baisse tendancielle de la productivité du capital. Elles doivent sans nul doute, pour saisir cette chance, avoir atteint un niveau de recherche et de maturité suffisant ; mais cela même ne suffit pas. Elles doivent en outre faire la preuve d'une extrême rapidité dans l'adaptation des systèmes électroniques aux différentes activités. Il est donc indispensable, pour entrer dans cette époque nouvelle, d'une part de travailler à réduire les délais qui séparent invention, innovation, standardisation et utilisation massive, d'autre part d'approfondir sans cesse les techniques afin d'en maîtriser l'ensemble des applications. Quelles que soient les raisons de son aptitude, force est de constater que le Japon s'engage avec succès sur ces deux voies.

On a longtemps assimilé puissance industrielle et gigantisme. La force d'une nation se mesurait traditionnellement au volume de ses installations, au tonnage de sa production d'acier, à la hauteur des gratte-ciel de sa capitale. Les temps qui viennent seront au contraire ceux du plus petit. L'objectif n'est plus d'étonner par la masse, mais de réduire la taille des circuits électroniques qui forment le cœur des ordinateurs, des systèmes de contrôle, des télévisions et des magnétoscopes. Les Japonais s'y emploient. En 1981, ils tenaient 70 % du marché mondial des 64 K R.A.M. (pour « random access memory ») qui est, pour quelques années encore, le semi-conducteur le plus vendu au monde. Leur part dans le marché total des semi-conducteurs, évaluée à 27 milliards de dollars en 1985, s'accroît : elle s'élevait à 27 % en 1980 et s'est trouvée portée à 33 % en 1981. Ainsi rattrapent-ils peu à peu les Américains, en se fondant sur leur capacité à casser les prix grâce à une production plus intégrée, mieux organisée, au volume de déchets inférieur à celui de l'industrie américaine, mais surtout à la qualité de leurs semi-conducteurs à mémoire. Les Etats-Unis, grâce à I.B.M. et Western Electric, conservent bien l'avantage dans le domaine des cellules logiques ou microprocesseurs ; mais la croissance japonaise les menace : deux fois plus rapide en 1980 dans tous les secteurs, à l'exception de ceux notamment des ordinateurs et de l'électronique militaire, elle est stimulée par une vive augmentation des fabrications de produits finis utilisant de grandes quantités de semi-conducteurs. La production de magnétoscopes a ainsi été multipliée par 2,25 en un an, celle des robots — dont l'aspect spectaculaire a fasciné de nombreux observateurs européens et français — a crû de 80 %, celle des équipements électriques médicaux de 22 %.

Il n'est pas indifférent que la vitesse de diffusion des innovations dans l'industrie soit le fait des petites et moyennes entreprises ; l'industrie des robots, par exemple, est très dispersée : la moitié des sociétés ont un capital inférieur à cent millions de yens, un cinquième d'entre elles emploient moins de cinquante salariés. On peut voir là un indice de la vitalité du capitalisme. Les mouvements de concentration, si souvent décrits de manière dramatique, ne sont pas inéluctables. Cette nouvelle vague d'industrialisation permet une régénérescence du tissu économique, en ce qu'elle s'appuie sur l'initiative individuelle. Ainsi de petites entreprises japonaises en viennent-elles, par les vertus de l'audace et de l'effort, à occuper parfois 90 % du marché mondial d'une application de l'électronique à une activité industrielle précise. Mieux, de nouvelles sociétés naissent. C'est le signe d'une reconquête du marché intérieur soutenue par le goût de réussir et non, comme en Europe, par la crainte de perdre. En 1978, les constructeurs d'ordinateurs au Japon étaient à peine capables de tenir, face à la concurrence américaine, 20 % de leur marché national. En 1981, leurs ventes représentaient 80 % de ce marché. W.E.C., Hitachi, Toshiba et d'autres ont pénétré le territoire des Etats-Unis, dont ils devaient contrôler, en 1982, 30 à 40 % du marché. Les cinq grands fabricants d'ordinateurs japonais ont maintenant rattrapé I.B.M. pour l'intégration à très grande échelle des circuits intégrés, qui constitue la technologie de base de cette industrie, et, vers la fin de la décennie, ils effaceront le dernier grand avantage des constructeurs américains d'équipement électronique. La collaboration entre l'administration et les firmes porte, en ce domaine comme en d'autres, les fruits attendus. Le M.I.T.I. et les entreprises concernées préparent ensemble, comme naguère, le « very large scale integrated project » (V.L.S.I.), un programme relatif à la cinquième génération d'ordinateurs. Après les automobiles, on peut prévoir l'irruption décisive, dans la prochaine décennie, de l'informatique japonaise sur le marché mondial.

Ces faits sont connus des gouvernants et du grand public européens, qui, devant l'assaut, paraissent s'abandonner. Et ni les appels à la lucidité ni les exhortations des politiques ne prévalent contre la réalité, qui est celle de la fatigue. L'électronique, la bureautique, l'informatique ou les biotechnologies apparaissent encore comme des industries de pointe pour lesquelles un retard pris sur les concurrents serait fâcheux, mais nullement dramatique ; or les retards sont là décisifs, car ces industries portent l'avenir : l'ampleur et la rapidité de leurs utilisations en témoignent. C'est se leurrer que de croire, par exemple, qu'on peut perdre sur l'électronique et gagner sur l'automobile, alors que les chaînes de fabrication et les véhicules eux-mêmes dépendront de plus en plus de l'électronique. Le Japon a su tirer les conséquences de l'analyse du caractère rapidement cumulatif, dans ces matières, de l'échec et du succès. Seuls les Etats-Unis paraissent, dans la région du Pacifique, susceptibles de menacer leur suprématie sur le haut de gamme. Dès 1980, l'Asie constituait le plus vaste marché où vendre — pour un tiers de leurs exportations totales du produit — des postes de télévisions en couleur. L'implantation japonaise — celle de Hitachi ou de Matsushita —, de la Thaïlande à la Corée, y est solide, irréversible. La zone Pacifique, espace de production délocalisée et de consommation massive, est mise par le Japon au service de ses desseins mondiaux.

Le Pacifique n'est pas un espace clos ou refermé sur lui-même. La logique de son développement n'est pas une logique d'autarcie. Ce pôle de croissance est, en dernière analyse, tourné vers l'extérieur. Sa cohésion est, et n'est que, garante de ses ambitions. Le Japon, les Etats-Unis, les nouveaux pays industrialisés d'Asie et les pays de l'A.S.E.A.N. n'ont ni la volonté ni la capacité de s'isoler. Leur but est bien de dominer tous les marchés qui s'offrent. Ils ne l'ont pas encore atteint et la puissance commerciale de l'Europe demeure la première ; mais les conditions de la suprématie — l'innovation et l'agressivité — font désormais défaut aux pays du vieux continent. En retard dans le domaine des technologies de pointe, les Européens ne pourraient pas faire face aux N.P.I. dans les secteurs traditionnels. Alors ils se replieraient sur eux-mêmes ou sur des bastions qui, comme l'Afrique, bientôt n'en seront plus. Aujourd'hui la vocation mondiale du Pacifique s'exerce bien au détriment de l'Europe, cependant que l'Union soviétique peut encore se protéger et que la prééminence du dollar masque encore le déclin américain.

L'intégration financière et monétaire.

Les places financières de Tokyo, Hong Kong et Singapour sont parmi les plus dynamiques du monde ; les indicateurs boursiers traditionnels leur sont particulièrement favorables : en 1980, sur les six marchés financiers dont le P.E.R. (*price earning ratio*) était supérieur à 15, cinq appartenaient au monde Pacifique : Australie, Malaisie, Hong Kong, Singapour, Japon. Cet essor fut le prétexte d'explications simples : le déplacement de l'activité financière correspondait exactement au déplacement du centre de gravité économique mondial. Une économie-monde se trouvait substituée à une autre — et Tokyo à New York. La réalité est plus complexe. Il n'existe pas de logique financière du Pacifique qui puisse être comparée, en ce qui concerne notamment le partage des rôles entre les pays, à sa logique économique. Plus exactement, les Etats-Unis continuent d'exercer la suprématie financière alors qu'ils ont dû se résoudre, on l'a vu, à abandonner largement la suprématie économique. La zone Pacifique demeure en effet une zone dollar. Les deux tiers en moyenne du commerce extérieur des pays de la région sont libellés dans cette monnaie, qui est au surplus la monnaie de réserve principale. Or, le problème essentiel des pays en cause est bien celui du financement du développement, c'est-à-dire de l'apport de capitaux. N'étant pas parvenus au stade de maturité économique auquel, selon les économistes néo-classiques (9), les balances de paiements deviennent excédentaires, ils éprouvent le besoin de ces capitaux extérieurs que seuls le marché financier américain et les institutions internationales peuvent fournir. La persistance des déficits les rend avant tout dépendants des Etats-Unis. S'ils obtiennent des conditions financières avantageuses, il n'en reste pas moins que l'Amérique dispose là d'un instrument de tutelle, même si déjà l'internationalisation du yen et l'apparition de marchés financiers régionaux accompagnent le développement économique.

L'augmentation du volume du commerce dans le Pacifique exige en effet des banquiers nationaux et étrangers un effort significatif d'adaptation. Ainsi, les nouveaux pays industrialisés, qui cherchent à exporter désormais des biens riches en capital, doivent mettre en place des mécanismes d'assurance et surtout de crédit comparables à ceux des pays développés. De plus, certaines monnaies nationales sont devenues unités de compte, puis monnaies de réserve : tel est déjà le cas du dollar australien ; et l'accroissement de l'activité d'entrepôt qu'exercent Singapour pour l'Asie du Sud-Est, mais surtout la Malaisie, l'Indonésie et Hong Kong pour le commerce avec la Chine, feront des monnaies concernées des supports importants des échanges.

Le nombre des innovations financières récentes témoigne de l'intérêt que les banques internationales portent à ce marché du Pacifique jugé compétitif. Elles doivent en effet choisir entre des pays très déficitaires qui leur offrent des marges satisfaisantes au prix de risques élevés, comme les Philippines, et des pays fiables au point de justifier des taux très faibles. Ceci explique l'augmentation rapide, dans cette partie du monde, des prêts liés à des projets industriels (couverts de préférence par des systèmes administratifs de crédit à l'exportation), par rapport aux prêts aux gouvernements. L'exemple de la Malaisie, dont le potentiel de croissance et la rentabilité prévisible des investissements rassurent, illustre cette évolution. De même, en octobre 1980, l'Export Credit Insurance Corp. de Singapour a emprunté 50 milliards de dollars aux fins de financer la construction à Singapour d'une plate-forme de forage pétrolier. Les banquiers internationaux accordent moins en définitive leur confiance aux pouvoirs publics locaux qu'ils ne viennent au soutien de la réalisation de projets d'avenir. Une telle attitude est extrêmement révélatrice de la confiance qu'inspire la région du Pacifique.

Il est vrai pourtant que les Philippines ou la Thaïlande n'en jouissent pas encore. Ces pays restent dépendants des institutions internationales qui — Banque mondiale ou F.M.I. —, peuvent consentir des taux très faibles pour des prêts de longue durée. De tels concours conviennent par excellence aux projets de pays en développement, dont la rentabilité est faible et l'amortissement très étalé, s'agissant en particulier d'infrastructures. A peine de voir ralentir leur croissance, les pays les moins développés devront continuer de recourir à ces institutions internationales qu'influence toujours l'Amérique.

La faiblesse financière de la zone, Japon exclu, est donc un élément déterminant de la prépondérance américaine. Les Etats-Unis occupent à cet égard une position analogue à celle qu'ils tenaient par rapport à l'Europe au moment du *dollar gap*. L'objectif du maintien de leur croissance impose constamment aux pays de la région de couvrir leur déficit extérieur. L'ultime contrainte est financière et les Etats-Unis en détiennent la maîtrise. Il n'empêche que l'intégration financière de la zone progresse au rythme de l'internationalisation du yen et de l'expansion du marché de l'asiadollar.

La puissance financière d'une nation procède de sa puissance économique. Le développement de son commerce extérieur, la rentabilité de ses investissements favorisent l'utilisation massive de sa monnaie et l'élargissement de son marché financier. De ce point de vue, le Japon est en retard. C'est seulement à partir de 1978 que l'internationalisation du yen devient un sujet d'étude et d'analyse. Le renforcement de la monnaie japonaise, les modifications apportées en décembre 1980 au régime du contrôle des changes, l'arrivée des capitaux de l'O.P.E.P., transforment un marché financier traditionnellement réservé aux investisseurs nationaux ; en 1980, la part prise par les non-résidents dans l'augmentation des investissements sur les marchés financiers était supérieure de plus de 10 % à celle des Etats-Unis ou de la R.F.A. : 8,2 % à Tokyo, 5,6 % à New York, 6 % en R.F.A. Cette nette ouverture du marché japonais est due au jeu de nombreux facteurs. En premier lieu, le yen s'est affirmé comme monnaie de réserve détenue par les banques centrales, notamment au Moyen-Orient et en Asie du Sud-Est. L'évolution de la composition des réserves des banques centrales de la zone en faveur du yen le promeut support des marchés monétaires locaux, très contrôlés par les autorités publiques. Les investisseurs nationaux ont également subi l'attrait du marché japonais : le volume du marché obligataire a ainsi été multiplié par 30 de 1975 à 1981. L'ampleur des financements en yens opérés par des non-résidents est telle que désormais le *samuraï bond market* peut être comparé aux célèbres *yankee bond market* de New York et au *bulldog market* de Londres. Les firmes japonaises recourent d'ailleurs davantage aux emprunts à l'étranger : depuis 1979, en moyenne un tiers de leur financement provient de marchés financiers extérieurs. Ces chiffres, ces tendances sont révélatrices de l'irruption du yen dans les structures financières mondiales. Il est vrai que le Japon demeure une place financière très fermée : jusqu'en 1980, les non-résidents ne détenaient que 1,8 % du marché contre 5,3 % aux U.S.A. et 6,5 % à la R.F.A. ;

mais cette situation est en passe d'être renversée. Aussi bien les entreprises et les banques japonaises ont-elles pris les premières la mesure de ces évolutions, où elles voient l'occasion, les unes de réduire leur dépendance financière, les autres d'augmenter considérablement leur présence à l'étranger et notamment en Asie-Pacifique.

Le yen, davantage utilisé sur le plan financier, n'est pas pour autant devenu un instrument d'échange pour le commerce international. Le libellé des transactions en monnaie nationale, s'il a progressé au cours des années 1970 pour les exportations, est resté très faible pour les importations : les taux respectifs sont de 30 % et de 3 % en moyenne. Ceux des autres pays développés sont de 50 à 80 %, et de 30 à 50 %. Une telle situation fait supporter aux firmes nippones un risque de change élevé ; mais les multinationales japonaises, intervenant sur des marchés mondiaux où les prix sont presque toujours exprimés en dollars, ont pris l'habitude de jouer au mieux de leur position de change. L'internationalisation du yen est bien d'abord d'origine financière. Des mesures de libéralisation interviennent peu à peu sur le marché à court terme ; ainsi, en mai 1979, des certificats de dépôts étaient introduits sur le marché interbancaire, avec des taux d'intérêt libres. A la même époque, le *Gensaku market*, qui permet l'achat et la revente de bons d'Etat dans une même transaction, était ouvert aux non-résidents. Ce marché à très court terme a spécialement attiré des investisseurs étrangers soucieux d'une meilleure gestion de leur trésorerie. En mars 1980, le gouvernement japonais a supprimé les contrôles sur les taux d'intérêt servis sur les comptes en yens de non-résidents. L'ensemble de ces mesures devrait s'accompagner du développement de nouveaux produits financiers, *treasury bills*, *commercial papers* ou *banker's acceptances*, déjà largement utilisés en Europe et aux Etats-Unis.

La bourse de Tokyo connaît, quant à elle, une activité sans précédent. Deuxième place du monde, avec 15 % de la capitalisation mondiale et 23 % du volume des échanges, elle a attiré en 1980 et 1981 les investisseurs étrangers, aux deux tiers européens ou arabes, à un point inconnu jusqu'alors. Si les autorités japonaises, prudentes, entendent poursuivre une politique d'« internationalisation équilibrée », l'intégration économique voue le Japon aux premiers rôles financiers.

La demande de yens, d'ores et déjà forte en Asie, va en augmentant ; la balance extérieure du Japon sera probablement excédentaire dans les prochaines décennies. Il ne sera pas sans conséquences que ce pays soit devenu exportateur de capitaux au moment même où la zone en attend. La création à terme à Tokyo d'un marché financier *off shore* basé sur le yen, alors que ceux de Hong Kong et Singapour le sont sur le dollar, paraît inévitable aux observateurs locaux. Tokyo ne se contentera pas longtemps du service des intérêts financiers de la zone. Là comme ailleurs, sa stratégie est à l'échelle du monde. Là comme en matière commerciale, la région du Pacifique dans son ensemble profite du dynamisme japonais. Tokyo a, semble-t-il, vocation à devenir le centre financier de la zone, drainant pour elle à travers le monde les fonds considérables nécessaires à son développement. Le soin d'organiser le marché régional serait laissé à d'autres — à Singapour et à Hong Kong. Telle est d'ailleurs la portée du phénomène de l'asia-dollar.

Le marché de l'asia-dollar est certainement l'un des plus grands succès de la cité-Etat de Singapour. Il trouve son origine — au moins institutionnelle — dans la suppression en 1969, par les autorités locales, de la taxe sur les intérêts des comptes de non-résidents. Selon ces mêmes autorités, le marché de l'asia-dollar représentait 97,1 milliards de dollars en juillet 1982 et devrait atteindre 200 milliards environ dans les trois prochaines années. La croissance de ce marché, qui est de 58 % par an, est encore plus significative que son volume qui n'atteint pas en effet à la dimension de celui de l'eurodollar. Mais l'avenir est largement ouvert et la communauté financière s'enrichit sans cesse; aujourd'hui, treize banques locales et quatre-vingt-dix-neuf banques étrangères sont en concurrence sur ce marché. Il pâtit encore, il est vrai, de règles trop restrictives et d'un manque de savoir-faire local; ainsi s'explique que Singapour soit spécialisé dans la collecte des fonds et Hong Kong dans le montage financier et juridique au sens strict. Le marché de l'asia-dollar est encore concentré sur le court terme, même s'il gagne en maturité au fil des ans : les échanges interbancaires, ainsi que les arbitrages avec les marchés américain et mondial, représentent 70 % de l'activité en asia-dollars. Le capitalisme asiatique demeure individualiste et, dans l'ensemble, les entrepreneurs préfèrent investir directement dans leurs affaires plutôt que recourir au marché financier. Il en résulte que la zone ne dispose pas aujourd'hui des moyens financiers régionaux propres à soutenir sa croissance économique. Le cas du marché des asia-obligations illustre cette faiblesse : la plupart des émissions lancées par des investisseurs régionaux y sont couvertes par des Européens ou des Américains. Alors même que les fonds susceptibles de couvrir de telles émissions existent, l'obligation — investissement en papier — cède le pas à l'investissement direct en immobilier. De même l'organisation et la logistique du marché sont-elles largement aux mains des banques japonaises. Le volume de ce marché est donc resté faible — environ 2 milliards de dollars —, et il n'existe pratiquement pas de marché secondaire. Du reste, les gouvernements de la zone tirent de grands bénéfices du système actuel. Alors qu'à Londres, New York ou Luxembourg, les banques prêtent au monde entier, l'essentiel de l'activité des places de Singapour et de Hong Kong a trait à la région ; la compétition est donc renforcée. Les marges (*spreads*) sont de plus en plus étroites et la concurrence telle que seules les grandes banques internationales peuvent prendre la direction d'un syndicat. La présence des banques japonaises, invitées depuis 1980 par le ministre nippon des finances à intervenir massivement dans les syndications de prêts, entretient ce climat qui est propice au développement de tous les pays de la région : ainsi la Malaisie obtient-elle des *spreads* de 0,375 points au-dessus de ceux du « Libor », ce qui place sa signature au premier rang. Les banquiers européens, américains et japonais se disputent les prêts à des pays dont le service de la dette devrait être, selon la Banque mondiale, de 16 % en 1985 contre 24 % en Amérique latine et 17 % en Afrique du Nord et au Moyen-Orient. Même dominé par des institutions pour partie étrangères, le système financier fonctionne en faveur des nations du Pacifique.

La volatilité du marché de l'asia-dollar — qui est surtout celui du *certificate of deposits* en dollars — comme l'existence d'une domination extérieure révèlent les insuffisances de l'intégration monétaire et financière. On peut évoquer à ce propos les débats qui ont divisé l'opinion européenne sur la priorité à donner à l'économie ou à la monnaie pour parvenir plus vite à l'union. Quoi qu'il en soit, le plus important est de constater le mouvement d'organisation des places financières. Le secteur financier, qui a crû de 18 % en 1981, est devenu le secteur le plus dynamique de Singapour, dont il absorbe désormais 27 % de l'activité. Singapour se prépare aujourd'hui à ouvrir un *futures market*, marché correspondant à un produit financier extrêmement élaboré et dont Chicago domine le service au plan mondial. Le réseau de télécommunications entre Singapour, Hong Kong et le reste du monde a été renforcé. Seules ces deux places séparent en effet dans le temps Tokyo et l'Europe. La rivalité des deux villes est significative. Elles n'ont d'autre issue que le développement financier. Elles ne peuvent guère espérer renforcer une puissance industrielle que viennent limiter le volume de leur population et l'exiguïté de leur territoire ; elles sont au carrefour d'une zone dont la capacité d'épargne va en augmentant. Tout est donc prêt pour que leur intervention permette aux pays de la région de disposer des capitaux nécessaires au financement de leur développement. Il n'est pas dit pour autant que d'autres pays n'ouvriront pas, à l'instar de Taiwan ou de la Corée, de marchés financiers. L'essentiel est que la division du travail réalisée dans le Pacifique financier permette à la zone d'attirer les fonds du monde entier et de les recycler dans des projets industriels : déjà la plupart des investissements japonais en Indonésie sont financés par les filiales des banques japonaises installées à Singapour. Bientôt, les investissements extérieurs du Japon et l'épargne nationale des pays contribueront davantage au développement de la région, s'ajoutant alors aux capitaux européens et américains. Le caractère spéculatif des marchés régionaux s'atténuera. L'internationalisation financière et commerciale du yen favorisera sans doute l'intégration et renforcera en tout cas le flux d'arrivée des capitaux étrangers.

Naît ainsi un pôle de l'économie internationale. Sa puissance et sa cohérence lui assurent une part croissante dans la création de la richesse du monde ; son dynamisme, le leadership dans le domaine des techniques de la troisième révolution industrielle. L'ampleur de son appareil financier lui permet d'attirer à lui les capitaux. C'est que la région a plus à offrir que le reste du globe. A supposer établie la règle du déplacement du capital vers l'activité et la zone la plus profitables, on peut prédire que le Pacifique deviendra le cœur du capitalisme mondial ; mais un cœur moins facile à décrire que certains ne l'ont cru. Multiple, équilibré, le Pacifique échappe à l'analyse centre-périphérie chère notamment aux théoriciens marxistes, qui n'est ici d'aucun secours. La logique du Pacifique n'est pas celle de la sphère de coprospérité. Elle ne procède pas seulement de la domination japonaise. Mieux vaudrait parler de multiplication des rôles dans un jeu à somme non nulle. Il est trop simple de croire qu'après Londres et New York, Tokyo va dominer le troisième millénaire. Il n'est certes pas inutile d'ériger une ville en symbole de l'état des échanges, ni d'avertir de son déclin. Une telle attitude n'a cependant d'autre valeur que prophétique. Les faits montrent que le défi lancé à l'Europe par l'émergence du monde Pacifique est d'une autre ampleur que ce que la simple description du déplacement du centre du capitalisme mondial, c'est-à-dire du lieu d'où l'exploitation s'exerce, pourrait laisser croire. Cette région, où tant de pays s'affirment, est en effet à la fois influencée par le Japon sans que cette influence immobilise d'autres énergies — et protégée par les Etats-Unis. Les nécessités économiques et stratégiques conjuguées permettent l'instauration d'un ordre auquel chacun prend sa part. Protection américaine et dynamique asiatique se complètent. C'est l'ensemble né de cet accord implicite des volontés qu'il importe à présent de décrire, tel qu'il apparaît en contrepoint de la faiblesse européenne.

CHAPITRE V

La communauté du Pacifique

« L'avenir, c'est l'océan au milieu duquel vous êtes » : c'est en ces termes que le général de Gaulle s'adresse à la population de Tahiti le 8 septembre 1966 (1). Rêvant d'une sorte de thalassocratie moderne, nombre de chercheurs et d'hommes politiques, au Japon, aux Etats-Unis ou en Australie, ont tenté de jeter les bases d'une communauté du Pacifique. Cet effort, que justifient en soi la croissance et la stabilité de cette région au demeurant difficile à définir, est dans doute prématuré. Ni nation, ni civilisation, le Pacifique est le théâtre d'un développement peu ordinaire. Il y a loin entre décrire cette expansion et imaginer les formes politiques qui finiront par l'accueillir. La plupart des projets institutionnels en gestation paraissent inadaptés : c'est que le phénomène les dépasse largement et qu'à l'inverse, l'apport de leur réalisation serait faible. Au regard du déplacement des pôles de puissance mondiaux, la question de la création d'une communauté du Pacifique au sens juridique du terme est une question mineure. Reste que l'évoquer permet de mieux cerner les traits dominants de cette région décisive, et de constater qu'un mythe déjà ancien vient de prendre corps.

Concepts.

Il y avait la prédiction de Toynbee selon laquelle le centre de gravité du monde basculerait de l'Atlantique au Pacifique, comme il avait jadis basculé de la Méditerranée à l'Atlantique ; il y avait les phrases définitives des hommes d'Etat américains (2) ; il y avait, au fond, le rêve d'un nouvel âge et le désir de précéder en quelque sorte l'Histoire. La région du Pacifique commençait d'appa-raître comme celle de la croissance. Elle semblait destinée à s'unifier, malgré de profondes différences de peuples, de races et de cultures. Il était exaltant de proposer pour but aux efforts de ses dirigeants la création d'un vaste ensemble maritime, autonome et puissant. Ainsi naquit l'idée d'une communauté du Pacifique (3). Ce projet, destiné pour l'essentiel à donner d'abord un cadre aux échanges économiques, a connu deux périodes de gloire : vers 1970, au moment de son apparition, vers 1980, au moment où le séminaire de Canberra lui conféra un caractère quasi officiel.

L'Amérique n'y était certes pas, au départ, favorable. A l'exception du cas de la Communauté européenne, les Etats-Unis se sont longtemps méfiés des régionalismes, qui leur paraissaient de nature à limiter leur influence ou à compromettre le libre-échange. Leur attitude changea d'abord à propos de l'Amérique latine après la crise de Cuba. Elle se modifia surtout en Asie pour d'autres raisons : d'une part, en 1966, la répression indonésienne amarra ce pays à l'Ouest et rendit la coopération régionale possible. D'autre part, à partir de 1970, le désengagement américain rendit cette coopération nécessaire à la prévention d'extensions supplémentaires du communisme. Mais il s'agissait là d'une coopération principalement asiatique, telle qu'elle s'exprimait notamment au sein de l'A.S.E.A.N. Autre chose était de promouvoir le concept de communauté du Pacifique.

Ce concept avait pris forme au Japon : en 1965, le professeur Kiyoshi Kojima, de l'université Hitotsubashi, recommande l'établissement d'une association de libre-échange dans le Pacifique : le P.A.F.T.A. (4), comprenant les Etats-Unis, le Canada, l'Australie, la Nouvelle-Zélande et le Japon. Cette approche, jugée trop risquée — à cause des conflits susceptibles d'être engendrés par l'abolition des droits de douane — et trop ambitieuse, est bientôt abandonnée. En 1968, une conférence organisée par le Centre japonais de recherches économiques du Dr Okita, voit l'ensemble des intervenants se rallier au principe d'une organisation officieuse, l'O.P.T.A.D. (5), au sein de laquelle seraient créés trois comités sur l'aide, le commerce et le développement, dont l'action devrait permettre une meilleure coopération entre les nations du Pacifique. Parallèlement, des hommes d'affaires créaient un forum à caractère principalement économique : le

P.B.E.C. (6). Après dix ans de réunions académiques, le Premier ministre Ohira désigne en mars 1979 un groupe de travail dont il confie la présidence au Dr Okita, et, son rapport remis, nomme ce dernier à la tête de la diplomatie nippone. Nombre d'observateurs interprètent cette nomination comme un signe (7), et, de fait, le concept de communauté du Pacifique apparaît comme la grande pensée du moment.

Dans le même temps, il se voit de plus en plus commenté aux Etats-Unis et en Australie. Le Pr Hugh Patrick, de l'université de Yale, le Dr Lawrence Krause, de la Brookings Institution, développent devant un sous-comité de la commission des Affaires étrangères du Sénat américain l'idée que la région pâtit d'une déficience institutionnelle. Dans un rapport souvent cité, le Pr Patrick et le Pr Drysdale, de l'université de Melbourne, prônent la création et le développement d'une organisation informelle, officieuse, à caractère principalement économique : l'O.P.T.A.D. fait son chemin (8).

Cette effervescence intellectuelle, et de plus en plus politique, va déboucher en 1980 sur un geste diplomatique d'une certaine portée. En janvier, Ohira et Okita visitent l'Australie, la Nouvelle-Zélande et la Papouasie-Nouvelle-Guinée. C'est au cours de ce voyage que le concept de communauté du Pacifique apparaît pour la première fois dans un communiqué officiel. Une déclaration commune des Premiers ministres Ohira et Fraser mentionne en effet que ceux-ci « sont tombés d'accord pour considérer que le concept de coopération dans le bassin du Pacifique (*Pacific bassin coopera-*

tion concept) représentait un objectif à long terme particulièrement intéressant, et ont exprimé leur intention de l'explorer plus avant, sur la base d'un large consensus régional ». Même prudente, cette formulation n'en est pas moins significative. Au même moment, l'Université australienne propose d'organiser un séminaire sur cette question ; il se tiendra à Canberra en septembre 1980. Le rapport du groupe de travail japonais est remis en mai 1980 au Premier ministre Ohira. Son caractère très général et au total assez peu audacieux est fréquemment souligné (9). Ohira, qui mourra peu après avoir gagné les élections générales, pourra bien assurer à ses auteurs que ce projet sera le seul legs durable de son administration, il semble, en fait, que le désenchantement s'installe. On n'entend plus guère les accents triomphants qu'avait suscités notamment le rapprochement avec la Chine. On s'interroge en vain et dans l'abstraction sur la composition de l'organisation future. Il est vrai que le Premier ministre Suzuki reprendra officiellement la formule en juin 1982 à Honolulu, et que le Gaimusho marquera l'importance de l'événement. Mais, en Amérique, au Japon et ailleurs, il est de bon ton d'afficher un certain scepticisme. Les raisons en sont claires : le concept de communauté du Pacifique, d'une part est ambigu, d'autre part n'a pas la portée qui lui a été prêtée. C'est ce qu'atteste, d'ailleurs, le séminaire de Canberra lui-même, où l'idée d'une communauté semblable à la C.E.E., comme celle d'une association du type de l'O.P.T.A.D., seront écartées.

La politique extérieure japonaise a d'abord trop repris ce concept à son compte pour qu'on ne soit pas tenté de s'interroger sur sa signification réelle. Et, de fait, nombre de pays le voient pour l'essentiel comme un instrument destiné à légitimer et à permettre tout ensemble la pénétration japonaise en Asie. Il ne reste plus guère alors de chemin à faire pour en dénoncer le caractère d'avatar de la sphère de coprospérité. Cela explique, en retour, l'actuelle prudence japonaise.

Les pays de l'A.S.E.A.N., quant à eux, continuent, comme l'a montré le séminaire de Canberra, de faire preuve d'une extrême réticence. Ils redoutent la dilution de leur association dans un ensemble plus vaste dont, au surplus, la nécessité ne leur apparaît pas clairement. Ils craignent l'éclatement du groupe des 77, et ne veulent pas donner leur soutien à une structure que le tiers monde jugerait soumise aux pays occidentaux.

Mais, surtout, le concept de communauté du Pacifique semble superflu. La diversité des cultures, des nations et des races, comme l'éloignement géographique, rendent malgré tout illusoire l'idée de la création d'un ensemble comparable à la Communauté économique européenne; les tenants du projet sont donc contraints de se rabattre sur des formules de coopération extrêmement vagues et sans portée (10). De plus, la stabilité et la paix que connaît la région ne disposent pas les pays à l'intégration, quelle qu'en soit la forme : il manque cet aiguillon puissant que constitue la conscience du péril. En l'état, le projet n'est-il pas superfétatoire ? Si l'on peut rêver que sa réalisation permettrait d'harmoniser les politiques nationales, en matière d'exploitation des océans par exemple, force est de constater que le développement économique de la région se suffit à lui-même. Quant à la protection stratégique, on la voit mal bénéficier de la création d'une institution supplémentaire, alors qu'elle repose sur des mécanismes bien différents mais plus sûrs. Ainsi le projet de communauté du Pacifique a-t-il été nettement surévalué. Il n'est pas à la mesure, loin de là, de la réalité à laquelle on voudrait qu'il donne une forme connue et plus rassurante. Il ne vaut, en définitive, que comme symbole de l'expansion du Pacifique, comme témoignage d'un mythe chaque jour plus incarné. Car l'ensemble maritime du Pacifique croît bien en cohérence et en force, mais c'est en défiant les schémas anciens, en mettant à mal ces imaginations politiques que des siècles de révérence pour la notion d'Etat ont endormies.

Réalités.

Il est possible, à ce point du raisonnement, de décrire à grands traits cette zone, définie empiriquement plus haut, dont on a vu fonctionner les mécanismes d'intégration et de protection. Trois éléments concourent, au total, à lui conférer une stature internationale particulière : la mer, la paix et la croissance économique.

On songe assez naturellement, s'agissant de la mer, aux thèses de J. Pirenne. Cet auteur belge établissait, dans *Les Grands Courants de l'histoire universelle* (11), une corrélation entre ouverture sur la mer, libéralisme et développement, d'une part, continentalité, étatisme et régression, d'autre part. Pour séduisante qu'elle soit, cette thèse a perdu, avec le développement moderne des moyens de communication, une partie de sa valeur, puisque les facilités nouvelles de déplacement des hommes, des biens et des connaissances réduisent l'avantage qu'un pays peut tirer d'être situé en bordure des voies de communication maritimes. Il n'en reste pas moins qu'en l'espèce, l'opposition entre une zone maritime en développement et une zone continentale voisine en stagnation est frappante. C'est la Méditerranée qui, la première, tend à exercer, sur le plan économique, une influence décisive, d'entraînement et de domination. L'Atlantique prend sa suite à partir du XVIe siècle : « L'océan ibérique » devient alors l'« espace dominant », au sens où l'entend F. Perroux. P. Chaunu est conduit à affirmer que « le choix de l'Atlantique est un choix téméraire : c'est tenter d'expliquer le monde » (12). Sans doute en sera-t-il de même pour le choix du Pacifique. La succession des espaces reproduit d'ailleurs des différences analogues. Ainsi, celle, selon Braudel, « qui oppose le plus vieil espace maritime jamais saisi par l'homme — la Méditerranée —, tout un passé, un espace alors [au XVIe siècle] au terme de sa grandeur, et un espace [l'Atlantique] au passé emprunté et hâtivement construit » (13), peut-elle servir à distinguer aujourd'hui l'Atlantique d'hier du Pacifique de demain.

On ne peut manquer en effet d'être frappé par les efforts de ceux qui veulent, dès à présent, aux fins de mieux le comparer à l'espace auquel il tend à succéder, donner au Pacifique une cohésion un peu artificielle. Ici on décrit la convergence, au service de la croissance économique, de trois cultures : celle, occidentale, de la poursuite individuelle du succès, celle, japonaise, de l'effort collectif, celle, indo-asiatique, de la recherche de l'harmonie. Là, on insiste surtout sur les vertus spécifiques du Tao ou de l'éthique confucéenne du travail. Autant d'approximations hâtives, le plus souvent mal fondées. Elles correspondent au désir de ces peuples en devenir, de se forger une tradition qui soutienne et justifie la volonté de puissance. Mais c'est bien, en définitive, sur la mer que celle-ci repose (14). C'est la mer qui donne à cette région, la plus vaste et l'une des plus peuplées du monde, son unité, qui n'est pourtant que relative, puisqu'on sait ce qui sépare le monde malais des Nippons, et ceux-ci de l'Occident, les communautés océaniennes de l'Amérique, le bouddhisme du shinto ou du protestantisme presbytérien. Elle peut être au départ d'une organisation politique différente, mais difficilement imaginable aujourd'hui.

Aussi convient-il de s'attarder sur le rôle de l'océan dans la structuration du Pacifique. La mer a cessé d'être un obstacle infranchissable ; les progrès de la technologie ont bouleversé également l'industrie des transports et déplacé son centre vital dans le Pacifique. Cette région a dépassé, pour les services de transport et les activités portuaires, l'Atlantique Nord, dont les routes formaient depuis la dernière guerre l'artère vitale du commerce maritime du monde libre. Les riverains du Pacifique dominent désormais largement les activités de construction navale. Le Japon, qui s'en éloigne peu à peu, fournissait, en 1981, 50 % du tonnage livré au monde entier. La Corée, avec une production double de celle de la France, est au deuxième rang mondial. Elle a d'ailleurs emporté récemment le « contrat du siècle » passé par le premier armateur de ligne des Etats-Unis pour la construction de 14 navires porte-conteneurs, dont chacun aura la taille du paquebot *France*. Singapour est l'un des principaux centres de réparation navale. En fait, le transport maritime revient moins cher que le transport terrestre ; cette évolution favorise évidemment les zones maritimes. Il est ainsi moins coûteux de transporter du charbon et du fer de l'Australie à Shanghai que de le faire venir de Chine centrale, de même qu'il est moins coûteux d'expédier un produit du Japon en Californie que de la Côte est à la Côte ouest des Etats-Unis. L'ensemble maritime que constitue la région du Pacifique profite, globalement, des mutations technologiques qu'intègrent d'autant mieux chacun des pays qui la composent qu'elles sont assises sur l'électronique et l'informatique. Le Pacifique devient donc, si l'on peut dire, de plus en plus petit. Même si les coûts aériens demeurent plus élevés dans le Pacifique que dans l'Atlantique, le nombre d'heures de vol nécessaires pour relier les pays entre eux s'est beaucoup réduit. L'installation, dans le domaine financier, de systèmes de transmission puissants entre Tokyo, Hong Kong, Singapour et les Etats-Unis accroît la vitesse de circulation de l'information dans la zone entière et, comme le suggère Alvin Toffler, favorise la cohésion de l'ensemble en préservant l'autonomie de chaque centre de décision. L'obstacle — l'espace — est devenu vecteur.

Il constitue de plus une réserve de matières premières dont l'immense richesse n'est pas contestée. Le développement des activités océaniques fait figure de priorité au Japon. On parle d' « industrie frontière », comme autrefois les Américains de « nouvelle frontière ». Les Japonais misent en effet, pour les prochaines décennies, sur une exploitation de haut niveau technologique de l'océan. Il est vrai que les changements intervenus dans le droit de la mer sont autant de signes annonciateurs d'une époque nouvelle. La définition d'une zone économique exclusive de 200 milles autour des côtes des innombrables îles, désormais indépendantes, du Pacifique, partage l'océan et ses ressources entre des puissances très inégales. Si la France est désormais engagée pour la moitié de son espace maritime dans le Pacifique, des micro-Etats comme Nauru ou Tonga disposent, en droit, d'étendues considérables, susceptibles d'être exploitées par des multinationales ou des Etats plus développés. Il est probable que ces petits pays subiront pressions économiques et stratégiques, chaque pays développé essayant, pour l'ère post-pétrolière, de se constituer une vaste clientèle de micro-Etats. Dans un monde où l'offre d'énergie commande pour une large part la géostratégie, le Pacifique, riche d'énergie solaire dans le sud et de ressources maritimes partout, devrait, selon le Pr J. Graven de l'université d'Hawai, devenir l'une des plus grandes régions pourvoyeuses. Ceci ne serait évidemment pas sans conséquences. La dépendance énergétique, point faible du Pacifique Nord-Ouest, se trouverait réduite ; l'axe du transport de l'énergie serait davantage encore centré sur le Pacifique. Pour l'heure, les ressources les plus importantes se situeraient à l'est du Pacifique, autour de Clipperton, sous la forme de modules polymétalliques. La lutte juridique, économique, stratégique pour la maîtrise de ces ressources sera rude. Les Américains et les Japonais y sont les mieux armés. Il est certes peu probable que l'énergie du Pacifique soit compétitive avant dix ou vingt ans ; mais les potentialités sont gigantesques. Elles peuvent permettre aux pays du Pacifique de trouver en eux-mêmes les moyens d'une croissance entretenue : l'auto-suffisance énergétique achèverait d'établir la prééminence d'une zone dominant le haut et le bas de la gamme des produits et des activités.

On ne peut manquer d'être frappé, d'autre part, par la paix qui a permis et permet le développement de l'Asie maritime et du bassin du Pacifique. Alors que le continent — Chine, Vietnam, Corée — était divisé depuis 1945 en de ruineuses querelles, son pourtour insulaire connaissait, sous la tutelle américaine, une assez remarquable stabilité et en engrangeait les fruits. La question de la paix dans la zone est cependant plus délicate et plus complexe qu'il n'y paraît. Après tout, la Corée du Sud a connu la guerre : cela n'a pas empêché son décollage économique. Et certains pays d'Asie du Sud-Est vivent dans une situation de guérilla endémique. Plus généralement, il est très difficile de mesurer les conséquences exactes, positives, ou négatives, des tensions et des affrontements armés. Il n'en reste pas moins que, sur le long terme, la stabilité, même quelque peu remise en cause ici ou là, permet seule aux agents économiques de déployer complètement leurs efforts.

Cette stabilité est bien l'apanage de la région du Pacifique. Il est en effet significatif de constater que, globalement, aucun des deux grands conflits qui divisent la planète s'y développe comme ailleurs ; le conflit Est-Ouest y est borné par la rupture sino-soviétique ; le conflit Nord-Sud est en passe d'être résolu par les mécanismes, chaque jour renforcés, de l'intégration économique. Il n'est pas question de nier que des guerres puissent y avoir lieu ; mais elles se rattacheraient de plus loin aux deux antagonismes décisifs qui pèsent sur notre univers et qui sont seuls de nature à détruire en profondeur les racines du progrès.

La zone Asie-Pacifique est enfin, par excellence, celle de la croissance capitaliste. A certains égards, et Singapour en témoigne, elle est le creuset d'une synthèse orientale des vertus victoriennes et de l'esprit d'invention.

Mais le caractère oriental est bien déterminant ; il ne s'agit pas vraiment d'une sorte de paléolibéralisme, comme on l'entend trop souvent dire. En tant qu'il est marqué par l'Asie, le capitalisme est moins individuel que collectif. Il se distingue en cela de son ancêtre des XIXᵉ et XXᵉ siècles européens. Les mécanismes d'étouffement propres à ces derniers, et qu'a magistralement décrits Schumpeter (15), n'y ont pas cours. Peu importe en un sens — et ceci est surtout vrai au Japon — que le progrès technologique provoque la disparition de la classe des entrepreneurs, puisque le développement économique n'y repose pas tant sur l'action d'individualités particulièrement dynamiques que sur un effort social aussi puissant que diffus. Cette composante asiatique, et en particulier nippone, du capitalisme régional, exerce un effet d'entraînement non négligeable. Elle empêche — l'exemple de la Californie le montre bien — l'Occident de s'abandonner. Elle le force à s'adapter pour s'associer.

Plus que le goût des systèmes, c'est la confiance implicite en l'évolution naturelle qui favorise cette rencontre émulative entre cultures économiques différentes. Ce capitalisme, même organisé par les pouvoirs publics, est, si l'on peut dire, spontanéiste. Il n'est guère préoccupé de dogmes ; plus : il se tient à l'écart des dogmes, dans la recherche du profit, l'intérêt pour la technologie, l'amour du « business ». L'idée de la construction d'un ordre économique ou politique lui est à peu près totalement étrangère. Ses tenants n'opposent pas l'Etat au marché, le libéralisme au collectivisme. La sécurité régionale est assise sur l'équilibre naturel des forces ; la prospérité régionale, sur le dynamisme naturel des sociétés. Ainsi s'explique que les projets d'institutions pour la zone ne connaissent au fond, de part et d'autre du Pacifique, que défaveur. La misère là-bas n'est pas, c'est vrai, totalement abolie. Mais à la fin, *qui fait mieux ?*

Il est possible de s'interroger, au plan politique, sur cette région à laquelle la mer, la paix, la croissance donnent son unité et des chances considérables pour l'avenir. Par quoi se traduit l'intégration des pays qui la composent ? Vers quoi l'oriente son schéma de devenir ? Pour l'immédiat, il est déjà hors de doute que sont apparus les premiers signes de la formation d'un sous-système régional, et que ce sous-système est largement dominé par un quasi-condominium nippo-américain. L'avenir est évidemment plus difficile à décrire.

« En termes abstraits, écrit Raymond Aron, un sous-système acquiert une réalité dans la mesure où, même en l'absence d'un équilibre local des forces militaires, les Etats ou les peuples, spontanément, vivent la solidarité de leur destin et font une différence entre ce qui se passe à l'intérieur et ce qui se passe à l'extérieur de leur zone géographico-historique. » Et de poursuivre : « Ce deuxième critère n'est pas d'un emploi facile car, en certaines régions, la solidarité géographique, raciale, historique, semble moins forte que des solidarités lointaines, d'ordre économique ou idéologique. Au Japon, par exemple, il y a une dizaine d'années, Tokyo paraissait plus proche de Washington, de Londres ou même de Paris que de Pékin. Inséré dans le réseau d'alliances et de bases tissé par la puissance maritime, le Japon communiquait plus aisément avec le monde anglo-saxon qu'avec la Chine proche, pays de la culture qu'il avait reçue, enrichie et finalement tranformée selon son génie propre. Ce paradoxe semble en voie d'atténuation, sinon de disparition. Il s'explique par le choc direct des deux grands (ou, plus exactement, d'un des grands et de l'alliance soviéto-chinoise) : en Europe, ce choc a fait surgir les blocs ; en Asie septentrionale, il a entraîné une rupture temporaire entre les alliés de la baleine et ceux de l'ours (16). »

On ne saurait mieux décrire, implicitement et explicitement, l'originalité du sous-système régional en cause. En premier lieu, il comprend les Etats-Unis eux-mêmes, qui y participent directement par leur façade et leurs passements maritimes ; en second lieu, il s'édifie sur un paradoxe, puisque, comme l'a noté R. Aron, la solidarité économique prend le pas sur les solidarités géographique, historique et culturelle. C'est d'ailleurs en ce sens qu'il faut donner du sous-système une définition plus large que celle offerte par cet auteur, puisque depuis la parution de son livre, la croissance économique et le jeu des mécanismes d'intégration ont eu pour effet d'agréger aux pays de l'Asie septentrionale une partie des pays de l'Asie du Sud-Est. Corrélativement, il est sûr qu'un retour aux solidarités historiques bouleverserait l'équilibre de la zone : on songe ici au premier chef à l'apparition d'un axe Japon-Chine, fondé sur une tradition commune, et dont le traité de 1978 constituait, aux yeux de certains, l'un des premiers signes. Il ne faut cependant pas, on le voit, trop exciper de l'existence de ce modèle sinique du devenir dont a parlé Toynbee. Les solidarités de l'échange sont pour l'heure les plus solides, qui excluent la Chine et la plus large partie du continent.

Les solidarités sont réglées, selon une expression chinoise, par un quasi-condominium nippo-américain. C'est, on l'a vu, un condominium « positif », de stimulation et de protection plus que d'exploitation au sens vulgaire du terme. C'est lui qui promeut la stabilité et la prospérité régionales, pivot de la « doctrine Kissinger ». Le Japon dominerait économiquement, l'Amérique politiquement. Ce partage ne satisfait certes pas les Etats-Unis. Mais le poids du capitalisme asiatique pèse lourd dans la balance, et les responsabilités politiques globales continuent de relever de Washington. Cette distinction de la tutelle occidentale et de l'influence asiatique est l'un des traits majeurs de ce système de domination à caractère libéral. On la voit en même temps à la source de la richesse et au départ des conflits.

Par tout un côté, donc, l'émergence du Pacifique correspond à des thèses anciennes. C'est un monde maritime, marchand, capitaliste, pragmatique qui se développe, alors qu'un monde continental, étatique et doctrinaire s'étiole. Mais, par un autre côté, cette émergence paraît relever du paradoxe. Elle fond en un ensemble deux civilisations principales, trois ou quatre types d'ethnies, plusieurs langues, des superpuissances et des micro-Etats, comme par-delà les affinités historiques, géographiques et pour tout dire naturelles. D'ailleurs, on se représente mal le monde du Pacifique. Mais décrire le paradoxe, c'est rendre compte, au fond, du passage d'un état du capitalisme — marqué par le XIXe siècle — à un autre, celui du XXIe ; du passage de l'époque du fer et du *rule britannia* à celle de l'ordinateur et d'un ensemble politique, le plus vaste du monde, dont les contours n'apparaissent pas encore clairement. Il est vain de s'interroger à l'infini sur la forme qu'il prendra. Il est plus utile de commenter, d'analyser le défi qu'il jette, les solutions qu'il apporte aux problèmes de ce temps, et de tirer de cet examen des raisons pour l'Europe d'agir et de durer.

CHAPITRE VI

Un exemple étranger

On a souvent relevé le paradoxe japonais, qui tient à l'ouverture aux influences étrangères de cet archipel isolé. Le Japon n'a pas pour autant perdu son identité : sa personnalité nationale est extrêmement forte. On peut voir là un déchirement entre l'appel de la conscience nippone et la nécessité de l'imitation, qui serait à l'origine des difficultés qu'a toujours éprouvées le Japon à définir durablement ses rapports avec l'extérieur, et dont sa diplomatie fluctuante porte les traces. On peut insister au contraire sur l'aptitude à la synthèse qu'a manifestée ce peuple au cours de son histoire. Cette ambivalence est celle de la notion même d'exemple : de même que la relation des Japonais avec l'exemple occidental revêt une forme complexe, de même l'exemple Pacifique n'est pas immédiatement utilisable par l'Europe, ou plutôt, ne l'est qu'indirectement; en quoi il demeure, au plus profond, un exemple *étranger*.

Cet exemple vaut en réalité par les valeurs qu'il remet à l'ordre du jour, et, pour l'Occident, de la façon la plus brutale qui soit, puisqu'il n'est pour lui de choix qu'entre un effort exceptionnel et le déclin. L'ironie est bien que le déplacement du centre de gravité mondial, pour employer l'expression convenue, ne résulte pas de ruptures ou de découvertes décisives, mais seulement de l'usage consciencieux, réfléchi et volontaire de systèmes que les sociétés en déclin avaient créés pour elles-mêmes et dont, paradoxalement, le succès les a lassées. Le Pacifique est une région capitaliste, ou plutôt qui admet, sans guère en entraver l'application, les règles de l'économie de marché. Le progrès y est mesuré, en premier ressort, en termes économiques et non en termes sociaux.

De ce fait, il préserve et garantit la souplesse de ses structures. Les contraintes sont adaptées à l'impératif de développement, reconnu prioritaire. Rien d'autre ne vient gêner les acteurs. Telle est bien la leçon du Pacifique : il n'y a pas d'autre issue pour l'Europe que dans le retour à la souplesse, voire à la rudesse de mécanismes économiques par trop dégradés ; c'est en réalité revenir à l'aventure, au risque, au succès et à l'échec. C'est revenir au réel pour ce qu'il offre à l'imagination et à la conquête. Que l'on ne s'y trompe pas : ce débat n'est pas celui relatif à la place du secteur public dans les économies européennes, qui divise à trop bon compte des classes politiques. La seule vraie question est de savoir si l'Europe retrouvera le monde tel qu'il est, analysera la crise telle qu'elle est. Son attitude présente, dont trop de politiques sociales ou industrielles essentiellement conservatrices sont les symboles, n'est qu'une attitude de négation. L'exemple Pacifique vaut, au contraire, pour les qualités d'adaptation, de spécialisation et de gestion dont il démontre l'importance. Cohérent et préservé des guerres, le Pacifique n'est pas pour autant paisible.

Adaptation.

Les capacités d'adaptation du système capitaliste aux nouvelles données issues d'un conflit, d'une révolution technologique ou d'un déséquilibre économique, défient les théories qui, à l'instar du marxisme, ont prétendu l'enfermer dans une mécanique obligée. Utilisant, dans l'ordre de leur apparition, les contraintes comme facteurs de développement, le capitalisme échappe largement à l'interprétation prophétique. Ainsi, par exemple, le système financier a-t-il pu, sans qu'ait eu lieu l'effondrement si souvent prédit, absorber et recycler d'importantes masses de pétrodollars. La vertu décisive est ici celle de la mobilité. Confrontées à une série de chocs, notamment pétroliers, ainsi qu'au désordre monétaire international, les économies développées et sous-développées ont différemment réagi : les premières ont cherché à recomposer leur portefeuille d'actifs et à redéfinir leur équilibre macro-économique, les secondes ont mené des politiques de diversification. A ce jeu, le Japon et les pays du Pacifique, chacun dans le domaine qui lui est propre, ont pris l'avantage.

Le Japon a l'habitude des traumatismes. Les conséquences de la suppression de la convertibilité du dollar en 1971, du quadruplement du prix du pétrole en 1973, de la forte hausse du yen en 1977, ont été l'occasion, pour son patronat et ses dirigeants, d'apprendre à formuler et à mettre en œuvre sans attendre les politiques que dictent ce type d'événements. Le Japon a donc subi le second choc pétrolier de 1979 avec un remarquable sang-froid. Les réponses aux agressions extérieures ont trait tout ensemble au partage du revenu national, à l'emploi, aux coûts et aux capacités de production.

La crise économique s'analyse depuis 1973, pour une large part, comme le paiement par une économie donnée d'un impôt à l'extérieur. Une première attitude consiste à reporter sur les générations futures la charge de la ponction opérée sur le revenu national : la France a ainsi recouru en 1974-1975 à l'endettement. Mais il ne peut s'agir là d'une solution définitive. Tôt ou tard, le prélèvement sur le revenu national — consommation ou investissement — de la somme nécessaire au paiement de l'impôt pétrolier ou monétaire s'avère indispensable. Cette opération a revêtu pour le Japon, très dépendant de l'étranger, un caractère d'extrême brutalité, puisqu'il a fallu extraire d'un revenu dont la croissance s'était très sensiblement ralentie de quoi payer immédiatement à l'extérieur un impôt massif. Des sacrifices ont alors été consentis par tous : salariés, entreprises et non-salariés ; mais, en termes relatifs, les derniers ont plus contribué que les autres au financement de la charge : en période de crise, les activités précapitalistes ajoutent un degré de liberté au fonctionnement de l'économie japonaise. Par ailleurs, l'agriculture, la construction, le secteur tertiaire comprimèrent leurs marges plus sévèrement que l'industrie manufacturière. De ce fait, l'industrie japonaise est, en situation de crise, capable de revenir à un niveau de rentabilité conve-nable et de retrouver les gains de productivité importants bien avant les autres secteurs. L'essentiel est donc préservé.

La même souplesse s'applique à l'emploi. Contrairement à l'idée reçue, l'adaptation de l'emploi à la réduction de la production et du taux d'utilisation des capacités de production est lente. Une étude de l'O.C.D.E. note avec pertinence qu'il a fallu environ cinq ans, jusqu'au milieu de 1979, pour mener à terme l'ajustement à la baisse du nombre des travailleurs à plein temps employés dans les industries manufacturières. Les mécanismes qui garantissent l'emploi à vie dans les grandes entreprises peuvent expliquer ce fait ; mais l'emploi est surtout préservé dans les petites entreprises. « Si l'emploi est flexible, écrit Christian Sautter, c'est paradoxalement le salaire et non l'emploi qui sert de variable d'ajustement (1). » Au moment de la reprise, en revanche, l'embauche est lente. Au début de 1978, la production manufacturière était revenue à son plus haut niveau, mais à partir d'apports en main-d'œuvre inférieurs de 10 % environ. C'est donc bien la productivité du travail qui constitue la variable clef de l'économie japonaise. Son rétablissement est aussi vif que l'avait été sa décroissance. Les entreprises tendent d'abord à assurer des gains de productivité. Les garanties d'emploi à vie sont de plus en plus réservées à une minorité restreinte. Le dualisme du marché du travail s'accentue par le confinement de la main-d'œuvre féminine aux P.M.E. et aux secteurs refuges. Le travail précaire se répand dans les grandes entreprises. On peut en inférer que les entreprises ont d'abord vocation à la reconquête de l'équilibre économique, laquelle n'est possible que sans excessives contraintes d'embauche. Parallèlement, les activités primaires et tertiaires retiennent la main-d'œuvre, dont une partie — principalement féminine — est d'autre part découragée d'accéder au marché du travail. Ainsi les entreprises se rétablissent-elles, au total, sans que le taux de chômage augmente par trop.

En matière d'emploi comme en matière de partage du revenu, la souplesse de l'économie japonaise, les possibilités de recours aux secteurs traditionnels qui sont les siennes, garantissent la liberté nécessaire à la préservation de l'industrie et au maintien de la compétitivité. Il est moins question ici de dualisme, au sens où l'évoquent de nombreuses études spécialisées, que de l'étonnante aptitude nippone, en période de difficultés, à un retour en arrière considéré comme salvateur. Il l'est effectivement puisqu'il évite de sacrifier l'essentiel. Les entreprises doivent *d'abord* être compétitives. Un raisonnement économique profondément sain dicte cette exigence qui inspire la recherche incessante de la réduction des coûts et la diminution programmée des capacités de production excédentaires.

La réduction régulière de tous les éléments du coût est, de fait, l'un des éléments essentiels de la stratégie des firmes japonaises. Il faut y voir l'une des principales raisons de leurs succès à l'exportation. Leurs priorités sont à cet égard inverses de celles des firmes américaines. Les industriels des Etats-Unis privilégient en effet d'abord l'innovation pour lancer un produit ou trouver une application nouvelle, puis s'occupent de commercialisation ; lorsque la pénétration sur le marché est assurée, ils procèdent alors à la réduction des coûts en vue d'obtenir un taux de marge suffisant. Les Japonais ont, au contraire, un souci plus permanent de l'innovation, mais, surtout, ils s'attachent à maintenir très élevé, durant la totalité du cycle du produit, le niveau des ressources affectées à la réduction du coût. Leur objectif est d'éviter toute cristallisation d'un élément de ce coût, de proscrire ces rigidités qui transforment un coût variable en coût fixe. Une telle fluidité permet au pire de subir sans trop de dommages une réduction des ventes, au mieux d'accroître régulièrement la marge bénéficiaire.

Les succès remportés par les firmes dans la réduction de leur consommation d'énergie, et dont le nombre devrait augmenter du fait de l'introduction des nouvelles technologies, ont été remarquables. Par unité produite, de 1973 à 1974, la sidérurgie a réduit sa consommation d'énergie de 35 %, la chimie et le textile de 25 %, les pâtes et papiers de 22 %. Ne pouvant, pour des raisons historiques, recourir à l'énergie nucléaire, le Japon a fait de l'effort d'économies l'axe principal de sa politique énergétique.

Dans le même temps, le coût salarial a été parfaitement maîtrisé. Les rigidités institutionnelles ont peu à peu tendance à s'effacer. Les travailleurs à l'emploi garanti à vie sont remplacés par des femmes, la progression du salaire en fonction de l'ancienneté a été atténuée — comme l'exigeait d'ailleurs le vieillissement de la main-d'œuvre —, l'âge de la retraite a même été reculé, évitant aux firmes d'avoir à verser des pécules de retraite dont le coût est élevé. Surtout, les négociations de printemps, au cours desquelles, après la rituelle manifestation de la force syndicale, les partenaires s'accordent sur la progression des salaires, ont été particulièrement calmes. Les hausses de salaires ne dépassent guère l'inflation et sont nettement inférieures aux gains de productivité. L'ensemble des facteurs évoqués ci-dessus a d'ailleurs permis aux entreprises japonaises de réduire relativement leur endettement bancaire et, par là même, leurs frais financiers. C'est donc bien de la souplesse du système économique et social que vient, en période de crise et dans un contexte de faiblesse du marché intérieur, le succès des actions de redressement. Le salaire est redevenu une variable de l'entreprise et non une norme fixée au niveau national : il s'ensuit naturellement que la prise en compte des particularités de chaque firme en désavantage certaines. C'est la règle de la concurrence et celle de la vie. Elles sont acceptées avec courage par le salarié japonais qui en tire, à terme, profit. Il faut rappeler à cet égard que le Japonais ne se pense pas hors de l'ordre social et économique qui l'entretient et qu'il anime. Ses succès personnels sont, comme ses échecs, ceux du système tout entier. La réciproque est aussi vraie. L'intériorisation de la contrainte morale lui permet non seulement d'accepter, mais encore d'accepter avec orgueil. Il fait montre d'une confiance absolue dans la supériorité de son économie. Plus encore, il vit une véritable culture industrielle, inséparable de sa culture sociale. Les concepts européens de croissance douce, de maturité économique, paraissent dérisoires aux Japonais. Ils ne sont pour eux qu'une pauvre excuse à la fatigue, à la rigidité des mentalités et des systèmes sociaux du vieux continent.

C'est, dans ces vices de constitution qu'il faut chercher l'explication des difficultés qu'éprouvent les Européens lorsqu'ils entendent organiser le retrait sur un secteur donné, ou, plus largement, maîtriser l'évolution de leurs activités économiques. L'exemple de la sidérurgie française est malheureusement trop connu pour qu'on y insiste. La société japonaise fait la preuve, en revanche, d'une étonnante mobilité : les décisions gouvernementales, prises sur le fondement d'un accord général des volontés, sont immédiatement et continûment appliquées. Une restructuration active a commencé d'avoir lieu pour réduire les capacités de production d'industries dont la compétitivité internationale a décliné. Une loi de mai 1978 en faveur des branches confrontées à des difficultés structurelles est venue relayer les plans volontaires appliqués dès 1977. Pour chacune des branches en cause, le M.I.T.I. (et le ministère des Transports dans le cas de la construction navale) établit, après avis de conseils consultatifs, un plan de stabilisation qui comporte des objectifs relatifs à la mise au rebut des équipements excédentaires, à la reconversion des activités et à l'éventuelle installation de nouveaux équipements. Les conseils consultatifs, dont le rôle est réel, regroupent des fonctionnaires, des dirigeants de syndicats patronaux et ouvriers, des banquiers, des professeurs d'université et des directeurs d'instituts de recherche économique. Les taux d'utilisation des industries concernées ont été accrus dès la fin de 1978 et la situation financière des entreprises s'est améliorée pour, dans de nombreux cas, redevenir bénéficiaire. La préparation des années 1980, par le M.I.T.I. notamment, est déjà engagée ; les mouvements de délocalisation vers l'Asie-Pacifique sont encouragés : pour le secteur automobile, qui ne sera plus comme naguère porteur de croissance, vers Taiwan ou vers l'Indonésie ; pour la pétrochimie, qui trouve dans la zone Pacifique une surcapacité évidente, vers la Corée du Sud ou Singapour. Ces plans de restructuration ont, bien entendu, des licenciements pour conséquence ; mais la main-d'œuvre est embauchée ailleurs grâce à l'adoption de puissants programmes de reconversion.

Le premier enseignement du Pacifique a donc trait à la souplesse. Si la société japonaise en fait une vertu, il en va de même des autres pays de la région. Connaissance et acceptation de la contrainte fondent leur succès. On sait qu'il en va autrement pour les nations européennes que leurs mentalités conduisent désormais à refuser d'instinct tout changement périlleux. La conscience européenne est bien fidèle à Pareto, qui tient une situation pour préférable à une autre si elle améliore la situation de toutes les parties prenantes. Ce type de calcul, que ruine d'ailleurs l'allocation optimale des ressources, n'est pas compatible avec le fonctionnement d'économies développées complexes. Une véritable dynamique économique ne peut se concevoir qu'en termes de remise en cause de certaines situations acquises. La croissance européenne ne reprendra pas sans répudiation de la notion de droits intangibles. On mesure ainsi la violence de la concurrence à laquelle le Pacifique soumet indirectement l'Europe : il ne faut pas la méconnaître, il n'est pas possible de la contourner.

Anticipation.

La vertu d'anticipation de la contrainte est également caractéristique des économies du Pacifique. Les Japonais entrent ainsi discrètement sur un marché qu'ils domineront vingt ans plus tard. Une abondante littérature a décrit le rôle des maisons de commerce « *sogo shosha* » dont le réseau de correspondants assure aux entreprises dont elles commercialisent les produits une connaissance précise de la demande mondiale. Les travaux de Linder (2) ont bien montré que cette demande est désormais, en raison de la mondialisation des échanges, un élément essentiel pour l'orientation du commerce extérieur d'une nation. Or cette demande — l'offre étant appréciée — n'est guère facile à connaître et à prévoir. Le pays qui y aura le mieux réussi pourra prétendre, au moins à court terme, à un avantage sur ses concurrents. Il s'agit là évidemment de s'attacher aux marchés « progressifs » sur lesquels la demande devrait s'accroître, plus qu'à la moyenne des autres marchés. Les études sont unanimes à cet égard quant aux différences qui séparent les pays. Au début des années 1960, la France sur le textile et l'alimentation, le Japon sur le textile, étaient engagés sur des marchés plutôt régressifs. En vingt ans, grâce à une transformation appropriée de ses structures industrielles, le Japon a mieux tiré parti de l'évolution de la demande mondiale.

Une telle attitude suppose que les structures et l'emploi soient adaptés par avance aux conséquences de la politique suivie. Cette adaptation est d'autant plus facile à réaliser que le terme est lointain. Dans la mesure où les actions utiles sont décidées suffisamment tôt, il est possible de se dégager d'un secteur en ne jouant que sur les entrées de jeunes travailleurs et sur des différences marquées de gains de productivité. L'existence et d'un réseau d'informations fiable et d'une volonté politique est la condition de telles prévisions. Il doit d'autre part exister un consensus social qui permette d'imposer des décisions douloureuses alors que leur nécessité n'est pas encore reconnue. La mobilité du capital et de la population active est enfin indispensable, qui suppose à la fois la disparition des rigidités existant dans le système des prix et le circuit financier, et l'acquiescement de la main-d'œuvre à des modifications d'autant plus acceptables qu'il n'y est pas procédé en atmosphère de crise ouverte ou de drame national.

Cohésion.

La poursuite de tels objectifs requiert une gestion à long terme de l'économie d'un pays. Les termes de « Japan Inc. » ou de « Korea Inc. » manifestent clairement la symbiose de la nation et de l'entreprise, dont la responsabilité revient à un petit nombre de décideurs. Les pays du Pacifique, qu'ils soient ou non démocratiques, donnent en effet l'exemple d'une étonnante cohésion entre secteur public et secteur privé. La région Asie-Pacifique n'est pas une région de capitalisme sauvage. A Taipeh, à Séoul, à Singapour, les autorités publiques jouent un rôle déterminant dans la croissance. Seule Hong Kong fait exception à la règle. Ailleurs, la tutelle étatique est lourde, voire brutale. L'administration de Singapour, soucieuse de voir la cité-Etat entrer dans une seconde révolution industrielle, par un accroissement au rythme d'environ 6 % par an de la productivité du travail, a ainsi imposé depuis 1979 des augmentations de salaires destinées à obliger les entrepreneurs à restructurer leurs activités, au bénéfice de celles à haute valeur ajoutée. Cette mesure drastique sera maintenue malgré les risques qu'elle implique : de délocalisation, notamment vers la Malaisie, des entreprises fortement utilisatrices de main-d'œuvre, et de fuite des capitaux étrangers. De même, au Japon, en 1979 et 1980, le M.I.T.I. tient élevés les prix du pétrole pour les fabricants de fibres synthétiques, les amenant par force à réorganiser leur secteur. En septembre 1980, les dirigeants sud-coréens incitent de grandes firmes à convenir d'un partage d'activités conforme à la volonté gouvernementale de restructuration de l'industrie lourde.

C'est une conception contraignante de la planification qui prévaut en Corée, aux fins d'organisation des secteurs jugés prioritaires. Dans le domaine de la pétrochimie, la continuité de dessein est tout à fait remarquable : en 1962, le gouvernement intervient dans la construction des deux premières unités de fabrication d'engrais; en 1966, un plan intégré de développement est mis en œuvre; en 1967, la pétrochimie fait partie des objectifs de croissance du deuxième plan (1967-1971). C'est par l'intermédiaire de sociétés à capital mixte, pour moitié appartenant à l'Etat coréen, pour moitié à des compagnies américaines, que les pouvoirs publics se sont engagés dans cette branche. Le cas de la pétrochimie n'est d'ailleurs pas isolé : en 1980, l'Etat a décidé la restructuration du secteur des biens d'équipement, frappé par la crise; les vingt-six principaux groupes coréens sont concernés; cent soixante-six cas de désinvestissement et de fusions à réaliser avant 1984 ont été annoncés.

Deux groupes seulement devaient subsister dans l'industrie de la commutation électronique ; la répartition des productions de transformateurs et de générateurs électriques a fait l'objet d'une décision unilatérale d'application immédiate. L'Etat est donc bien présent, tant par les politiques qu'il met en œuvre que par le secteur public qu'il gère, d'ailleurs avec pragmatisme (sans hésiter à rétrocéder au secteur privé une entreprise déficitaire), et qui comprend la totalité du secteur bancaire et les firmes agricoles, minières et énergétiques les plus importantes. Un tel capitalisme d'Etat correspond au stade de développement du pays. L'intervention étatique est évidemment nécessaire au cours des premières phases de l'expansion. La protection, chère à List (3), des industries naissantes, est d'autant plus appropriée en Corée que ses firmes tentent de s'introduire sur un marché industriel mondial dont les barrières d'entrée, et la taille critique des unités de production y intervenant, sont élevées. Aussi bien ce rôle de l'Etat ne peut-il étonner que ceux qui veulent voir dans l'émergence du Pacifique le signe du déplacement du capitalisme vers des lieux ou une exploitation de type XIXe siècle serait encore possible. La réalité est bien différente.

L'imbrication entre le secteur financier et le secteur productif est par ailleurs aussi étroite que l'imbrication entre secteur public et secteur privé. Les entreprises sont en effet particulièrement endettées et dépendantes des intermédiaires financiers, alors même qu'elles leur prêtent des sommes d'argent non négligeables.

En moyenne, de 1960 à 1970, les flux de placement auprès des intermédiaires financiers ont représenté 39,8 % de l'épargne brute des sociétés japonaises, contre 20,2 % en R.F.A. et 14,5 % en France. Les institutions financières servent ainsi d'intermédiaires non seulement entre les ménages et les entreprises, mais aussi entre les entreprises elles-mêmes. La redistribution de l'épargne disponible et l'allocation des capitaux en fonction des objectifs industriels en sont facilités. Le secteur bancaire et financier joue donc un rôle décisif au sein de ces économies, en ce qu'il favorise la mobilité du capital, même en période de croissance ralentie. Le modèle de la constitution de l'entreprise autour d'un noyau financier et commercial connaît une grande faveur dans le Pacifique. L'influence des « *sogo-sosha* », les maisons de commerce japonaises, a déjà été évoquée plus haut. Les plus grandes entreprises coréennes, appelées *Jae Bull,* sont en fait organisées en conglomérats autour d'une importante société de commerce international. Les unités de ce type prennent une part de plus en plus grande à la croissance coréenne : 32 % en 1978, 40 % en 1979.

Déjà, la Thaïlande essaie des formules analogues, avec, en raison de la lourdeur de la réglementation des changes et de l'inefficacité du secteur public, un succès relatif. Même infructueuses, les tentatives thaïlandaises ou indonésiennes révèlent l'attrait qu'exerce cette construction. Elle permet en effet de rassembler en un même lieu les informations nécessaires à l'élaboration de stratégies économiques et les moyens pour les mettre en œuvre. Dans l'économie japonaise, les maisons de commerce et les intermédiaires financiers exercent d'ailleurs leur influence structurante bien au-delà des seules entreprises du groupe auquel elles appartiennent. Ainsi peut-on relever l'existence dans le monde Pacifique d'un nombre réduit de pôles de décision où s'élaborent, sur la base d'une grande richesse d'information, les stratégies de spécialisation dont la politique sélective d'octroi de crédits des intermédiaires financiers déterminera l'application.

Les pays du Pacifique ne sont évidemment pas seuls capables de suivre de tels chemins. Il n'est pas sûr qu'il y ait, en l'espèce, de prédisposition culturelle au développement. Les arguments désormais rebattus concernant le caractère incitatif de l'éthique confucéenne sont assez largement dépourvus de portée. D'abord parce que cette éthique n'est pas partagée par tous les pays de la région ; ensuite, parce que ce caractère incitatif est difficilement démontrable ; en troisième lieu, parce que des influences inverses s'exercent aussi — sans même évoquer le Tao — ; enfin, parce que cette thèse, inspirée de Weber (4), est justiciable des critiques mêmes qui ont été faites à cet auteur. Il est extrêmement hasardeux, en réalité, d'établir un lien général de cause à effet entre culture et développement. S'agissant du Pacifique, la question est ailleurs. C'est tout simplement celle de la volonté d'exister. Alors que l'Europe, selon la formule de Cioran (5), n'aspire plus qu'aux décors de l'oubli, le Pacifique désire, avec une force encore primitive, soumettre l'environnement international, mais en se pliant à ses lois. Les voies qu'il prend sont, faut-il le dire, celles du sens commun. Les décrire, c'est éclairer certains débats européens, et particulièrement français.

Le premier est celui relatif à la place et au rôle de l'Etat dans la vie économique. On a noté le caractère décisif de l'intervention de la puissance publique dans les N.P.I. ou les pays de l'A.S.E.A.N. L'Etat doit définir les stratégies que la myopie du marché interdirait, s'il n'intervenait pas, de concevoir. Son application sera d'autant plus aisée que les milieux administratifs, politiques, financiers et industriels seront, comme au Japon, plus étroitement liés. Mais on voit mal comment la taille du secteur public productif et l'extension de l'influence de l'Etat qu'elle promeut ont pu faire l'objet de si ardentes polémiques. En matière de nationalisations, par exemple, c'est moins le transfert de propriété, lequel en soi n'importe guère, qui devrait retenir l'attention, que la capacité de l'Etat à respecter les contraintes du marché et à mettre en œuvre les mesures de spécialisation qui s'imposent. L'essentiel est bien d'anticiper les évolutions du marché, par une juste appréciation des informations que le système de marché précisément véhicule ; il n'y a pas de raison que l'Etat ne puisse y parvenir. D'autant qu'il peut, en outre, dans une situation de rude concurrence, servir de point d'appui aux énergies individuelles dont la libération s'avère indispensable.

Le second débat est lié au premier. La volonté de se plier aux exigences du marché suppose d'être capable de les découvrir, mais aussi de les accepter. Une telle acceptation n'est possible que dans une société unie. Ce rappel de la nécessité absolue du sens communautaire peut prêter à sourire. Il n'en reste pas moins que seule la « vision communautaire » évoquée par Ezra Vogel (6) permet de fédérer les initiatives dont le concours est indispensable au développement, et de supporter les chocs extérieurs. Un culte excessif des idéologies de fracture conduit malheureusement les Européens à préférer, par égoïsmes catégoriels, l'immédiat au meilleur. Une telle attitude est suicidaire.

Les pays du Pacifique s'en tiennent à l'économie de marché. Elle leur bénéficie largement. Ce faisant, ils font peser sur l'Europe une puissante menace indirecte. Dans la même mesure où la volonté nationale, le pragmatisme de l'Etat, la mobilité du capital et du travail, l'effort et la recherche fondent leur développement, la corrosion des idéaux, les rigidités de tous ordres, la faiblesse et l'oubli minent l'Europe. Face à une même crise, la Corée augmente sa durée du travail et l'Europe la réduit : deux réponses opposées, deux devenirs contraires. Si l'Europe ne se reprend pas, elle ne jouera bientôt plus qu'un rôle secondaire dans les affaires du monde, à moins que les forces centrifuges qui s'exercent dans le Pacifique n'en retardent l'avènement, accordant au vieux continent le sursis qu'il espère sans le mériter.

CHAPITRE VII

Incertitudes

Il est vain d'imaginer l'histoire. L'erreur est trop souvent commise qui consiste à prévoir, selon son rêve, tel ou tel enchaînement des faits. Aucun cheminement n'est sûr, aucune mécanique obligée. Mieux vaut parler d'hypothèses et des scénarios qu'elles déterminent. Le plus probable est bien le succès du Pacifique ; mais cette évolution même peut être gênée, entravée, différée, sinon empêchée. Cette région est aussi une région d'incertitudes. L'Europe pourrait, en théorie, exploiter ses faiblesses et travailler à se protéger d'elle. Ni les fragilités du Pacifique, ni les capacités européennes ne doivent pourtant être surestimées.

Les difficultés de la « middle road ».

L'exemple coréen permet, une fois de plus, de percevoir les tensions liées aux stratégies de développement mises en œuvre dans cette partie du monde. Déplacement de l'économie le long des filières de production et conquête parallèle du marché intérieur sont autant de constructions théoriques ; l'Etat et le marché, au sein desquels des résistances s'exercent et où s'accumulent des contradictions, ne peuvent les réaliser à la perfection. Plus qu'une année de simple dépression conjoncturelle, l'année 1980 fut pour la Corée le moment de la cristallisation des risques de la « *middle road* ». Les nouveaux pays industrialisés se trouvent à présent à mi-chemin entre une économie relativement simple, fondée sur quelques branches porteuses, et une économie complexe où comptent pour beaucoup l'infrastructure, le niveau d'éducation et la souplesse des mécanismes. Schématiquement, le passage du premier stade au second correspond au passage de la planification au *fine tuning*. Le tort de la Corée, et même de Taiwan, a été de vouloir parcourir trop vite le sentier de la croissance.

Si l'on élimine la crise agricole conjoncturelle, l'année 1980 fut en effet une année de « surchauffe » de l'économie coréenne. Dès 1973, l'Etat coréen décide d'accélérer l'édification dans le pays d'une industrie hautement capitaliste. L'effort de défense, lié à l'éventuel retrait des troupes américaines, la fascination quasi-stalinienne pour l'industrie lourde, le poids croissant des grands groupes dans le processus de décision, les résultats bénéfiques déjà enregistrés, justifiaient, croyait-on, une telle démarche. Les autorités publiques renforcèrent de manière significative la masse des prêts à faible taux d'intérêt consentis à l'industrie sidérurgique, aux chantiers navals ou à la pétrochimie. Encouragés par un fort levier d'endettement, les grands groupes acceptèrent une politique pourtant très inflationniste. Une hausse sensible des salaires dans ces industries se propagea rapidement à l'ensemble du pays, concourant, par le biais d'une inflation renforcée et d'un retard dans la dévaluation du won, à une perte regrettable pour la Corée de compétitivité. En 1980, les grands groupes industriels se trouvaient engagés sur de nombreux secteurs, moins en raison de l'intérêt propre de ceux-ci, tels que les études de marché permettent de l'apprécier, qu'en fonction des aides gouvernementales. Perte d'efficacité et inadaptation à la demande interne et externe ont été conjuguées.

En revanche, le surinvestissement dans les industries lourdes a défavorisé les industries légères qui, comme le textile, avaient soutenu la croissance coréenne. Si les secondes virent en 1980 leurs performances réduites du fait d'une baisse de compétitivité, les premières ne tournèrent qu'à environ la moitié de leurs capacités de production.

Le gouvernement Chun paraît avoir tiré toutes les leçons de ces erreurs de gestion et de stratégie. Le Ve Plan coréen met l'accent sur la stabilité et sur la lutte contre l'inflation. Une politique sévère de contrôle du crédit a été choisie. Les résultats financiers des entreprises textiles se sont améliorés. Si la stratégie de modification progressive de la structure des exportations en faveur des biens à forte valeur ajoutée n'a pas changé, son application se poursuivra à un rythme plus lent que celui qu'avait prévu le Ve Plan. Les projets gigantesques, comme celui de Changwon, sont désormais proscrits. L'implantation d'une seconde usine sidérurgique intégrée, voisine de celle de Pohang, et celle d'un troisième centre pétrochimique, qui serait venu s'ajouter au complexe de Yochon, ont été ajournées *sine die*. Les autorités entendent affecter les fonds publics issus notamment des emprunts extérieurs à ces secteurs compétitifs que sont le textile, l'électronique et les chantiers navals. Les exportations de biens électroniques devraient tripler en cinq ans, pour atteindre le cinquième rang mondial.

Ainsi n'y a-t-il pas d'effondrement coréen. La Corée, qui n'a pas connu de miracle, ne connaîtra pas d'apocalypse. Ce pays a seulement commis l'erreur de s'éloigner des principes de gestion qui avaient fait le succès des N.P.I. Il en a supporté les conséquences. Entre l'A.S.E.A.N. et le Japon, les N.P.I. ne peuvent sans risque accélérer encore le rythme d'une dynamique qui leur est déjà largement profitable. C'est dans cette mesure seulement que leur autonomie n'est pas totale. Elle est, en réalité, bornée par les règles de la compétition internationale. Une remontée trop rapide des filières se heurte à des obstacles structurels et conjoncturels : structurels, car la pénurie de main-d'œuvre qualifiée apparaît, comme à Taiwan, brutalement ; conjoncturels, car un financement massif, concentré et immédiat, de projets industriels très lourds exige une mobilisation de l'épargne qui dépasse le plus souvent les capacités financières nationales, diminuées par ailleurs par l'inflation. On voit là, en définitive, l'envers de la dynamique d'intégration du Pacifique. Leur logique d'adaptation continue défend aux N.P.I. de précéder le mouvement de croissance et de progrès technologique que cette dynamique imprime à la région.

Les N.P.I. ne peuvent impunément fausser le jeu dont ils bénéficient ; l'abandon prématuré de leurs atouts — textile pour la Corée, habillement pour Taiwan — leur porte inévitablement préjudice. Le rythme d'orientation de leurs économies leur est dicté par celui auquel le Japon libère les industries qu'il dominait et celui auquel les pays de l'A.S.E.A.N. envahissent de nouveaux secteurs. La stratégie des N.P.I., très dépendants des autres acteurs, est de toutes la plus difficile à concevoir et à mettre en œuvre. A la planification volontariste que requièrent les premières phases du développement devraient se substituer, peu à peu, les mécanismes du marché. Ceux-ci doivent guider leur économie entière et non plus seulement déterminer la prise en compte des contraintes extérieures.

Déjà, Taiwan et la Corée ouvrent aux investissements étrangers leurs marchés de capitaux et réduisent la part de l'investissement public dans l'investissement total. De telles mesures doivent s'accompagner du renforcement du tissu national des petites et moyennes entreprises, qui ont trop longtemps souffert d'être tenues à l'écart des financements publics. Or elles jouent, comme au Japon, un rôle fondamental, puisqu'elles contribuent à garantir la souplesse de l'économie. Aussi bien soutiennent-elles, pour une part, la troisième révolution technologique. Si la standardisation d'un produit est l'apanage des grandes entreprises, les petites unités sont capables d'incorporer plus rapidement le progrès technique et de concevoir plus vite de nouveaux produits. Nombreux sont les exemples d'entreprises japonaises à taille réduite ayant conquis dans le domaine de la robotique, en particulier, des parts importantes du marché mondial. Entrant dans l'ère technologique, les N.P.I. ne peuvent s'en remettre, pour assurer leur développement, à quelques grands groupes dont la mobilité et l'aptitude au risque se réduisent en proportion de leur taille. Sauf à persévérer, pour certains d'entre eux, dans l'erreur, les nouveaux pays industrialisés devraient, en respectant les lois du marché, en revenir aux comportements qui ont favorisé leur décollage.

Le problème de l'endettement de la zone est plus délicat. On a vu que le déséquilibre structurel entre l'épargne nationale et les besoins d'investissement rend nécessaire l'appel aux capitaux extérieurs. La Corée cherche d'ailleurs à réduire ce déséquilibre, la maîtrise de l'inflation permettant de dégager une épargne autochtone qui représente aujourd'hui 91,1 % de l'investissement national. Mais, comme l'a montré une étude récente (1), le recours à l'emprunt peut être cumulatif. Il s'avère dangereux lorsque le service de la dette excède largement les capacités de remboursement générées par les investissements. Les pays qui ne peuvent ou ne veulent s'endetter risquent alors de freiner leur croissance interne pour réduire le déficit de leur balance des paiements. A cet égard, les pays du Pacifique ne sont, malgré tout, guère exposés. Ils sont relativement peu endettés par rapport à leur richesse propre et leur situation n'est en rien comparable à celle des nations d'Amérique du Sud, qui côtoient le krach, ou d'Afrique, qui sont insolvables. Mais, surtout, les mécanismes financiers mis en place depuis 1973, l'arrivée progressive des capitaux de l'O.P.E.P. sur les places financières locales et le discret processus d'internationalisation du yen assurent à la zone une alimentation en capitaux frais au moindre coût, puisque, sur le long terme, les Etats qui la composent ont bénéficié, pour certains d'entre eux, de taux d'intérêt réels négatifs. Les banquiers internationaux misent sur la croissance locale, notamment des N.P.I. L'offre de capitaux sera donc vraisemblablement suffisante pour couvrir les besoins, même si quelques pays, comme les Philippines, se voient contraints par les institutions internationales de réduire leurs encours. A supposer qu'elle survienne, la crise financière mondiale ne commencera pas en Asie.

Dans l'ordre économique, les forces centrifuges ne ruineront pas le développement du Pacifique. Avertie de la solidité de cette région, l'Europe pourrait imaginer d'avoir recours au protectionnisme pour, dans un réflexe de facilité, tenter d'empêcher l'émergence du nouveau pôle de puissance. Mais, de ce point de vue, la protection n'est pas une arme efficace. D'abord, le marché européen demeure pour ces pays, au contraire du marché américain, un marché marginal. C'est ensuite le Japon, et non l'ensemble des pays de la zone, que menace le protectionnisme européen. Or le Japon a les moyens de parer les coups qui lui seraient portés. Il lui suffit d'investir à l'étranger plus tôt dans le cycle du produit et d'implanter des filiales qui domineront malgré tout le marché national. Les Japonais, qui ont adopté une telle attitude à l'égard des Etats-Unis en matière de téléviseurs, peuvent en adopter une analogue à l'égard de l'Europe en matière de magnétoscopes. Les travaux théoriques de M. Byé ont souligné la difficulté d'inférer du caractère avantageux, à court terme, du libre-échange, une supériorité à long terme de celui-ci sur le protectionnisme. Le protectionnisme n'est pas en soi nocif, mais inefficace. Il ne peut que masquer un temps les inégalités économiques et technologiques. Enfin, le protectionnisme européen aurait pour effet de détourner le flux des exportations du monde Pacifique vers d'autres régions, Afrique ou Pacifique lui-même, et donc d'isoler et d'affaiblir encore davantage le vieux continent.

Le véritable danger pour la zone vient plus en vérité du protectionnisme américain. Mais les Américains font preuve en ce domaine, contrairement aux idées reçues, d'une sensibilité moins grande que les Européens. Aux yeux de ces derniers, la part détenue par les produits japonais dans la consommation nationale atteint assez rapidement le seuil critique, ce qui n'est pas le cas aux Etats-Unis. Les pays exportateurs du Pacifique, dont la croissance profite à l'Amérique, ne seront pas obligés de se détourner d'elle; il est d'ailleurs difficile de distinguer, dans les velléités de protection de Washington, ce qui ressortit à l'intérêt économique et ce qui a trait au jeu diplomatique. L'exemple des relations avec le Japon le montre clairement. En définitive, le protectionnisme américain se fonde tout à la fois sur le souci de soutenir les exportations agricoles, sur la volonté d'amener les Japonais à mieux assumer les charges de leur défense, sur le désir de maintenir l'activité de secteurs déclinants. La superposition de ces objectifs permet aux pays du Pacifique, Japon en tête, de résister avec subtilité aux pressions : accordant parfois sur l'accessoire, ils retiennent plus souvent — les négociations de 1982 des accords du G.A.T.T. l'ont bien montré — sur l'essentiel.

Il n'est pas au pouvoir de l'Occident, et singulièrement de l'Europe, de retarder, en usant de l'arme de la protection, l'avènement du Pacifique. Il est en revanche possible, par le progrès technologique — l'automatisation —, de reconquérir des secteurs perdus du fait de trop nombreuses rigidités, salariales et institutionnelles. Le péril pour la zone est grand : le Japon redeviendrait compétitif sur certaines industries de main-d'œuvre en remplaçant les salariés par des robots; le processus de délocalisation serait arrêté, ou même se poursuivrait au seul profit des industriels nippons; la base industrielle des N.P.I. et des pays de l'A.S.E.A.N. apparaîtrait très vite obsolète.

Parallèlement, l'Europe retrouverait sa maîtrise économique.

Il est sans doute trop tôt pour juger des effets de l'automatisation sur les structures industrielles. Il est difficile de prévoir exactement les conséquences de l'introduction de techniques nouvelles, à laquelle plusieurs pays, comme les N.P.I., ne sont guère préparés. Il n'est, de plus, guère d'exemple qu'un pays soit revenu à d'anciennes spécialisations ; les pays développés trouveront vraisemblablement plus d'intérêt à la vente des robots qu'à leur insertion à tout prix dans le système productif. Mais il ne s'agit là que d'hypothèses. Progrès et recherche, déterminant l'automatisation, peuvent permettre aux Européens de préserver leur puissance économique, et aux Japonais d'approfondir leur domination sur le Pacifique. Le risque d'éclatement de la zone par rupture de sa logique, des relations de complémentarité décrites plus haut, est réel. Il vient s'ajouter aux risques nés de fragilités de tous ordres qui sont celles de cette région. Le premier d'entre eux tient, malgré tout, au voisinage d'Etats communistes qui, s'ils sont divisés aujourd'hui, ne le sont peut-être pas pour toujours.

Un pas de valse.

Que l'Angleterre et la France s'allient, aurait dit Voltaire, et rien ne leur peut résister. Sans doute en irait-il de même, dans cette région du monde, de l'Union soviétique et de la Chine. Il est certes vain de tenter de prévoir les conséquences d'une modification stratégique si considérable. Au moins peut-on penser que, de même que la rivalité des deux schismatiques immobilise le communisme sur le continent, de même leur conjonction le projetterait-elle vers l'Asie maritime. Projection par contagion, par conquête, par subversion, par neutralisation ? Peu importe. Le retour à une situation de bipolarité, même s'il n'affectait pas, dans un premier temps, la croissance économique, serait un retour aux temps de l'épreuve. Quel que soit le partage des rôles entre les forces communistes réunifiées, quelles que soient les formes que revêtirait leur action, l'accroissement de la pression sur le monde libre contraindrait les Etats-Unis à réviser, plus ou moins brutalement, leur politique. Ils en reviendraient à l'engagement direct, à un engagement bien plus marqué qu'aujourd'hui, à un engagement de guerre froide, coûteux, et, peut-on penser au vu des expériences passées, au fond inefficace. Même un réarmement puissant du Japon, au demeurant improbable, ne les en dispenserait pas : celui-ci conduirait les deux pays communistes à resserrer encore leurs liens. En définitive, l'alliance sino-soviétique serait bien de nature à ruiner, à terme, l'équilibre du Pacifique.

Une telle alliance est-elle possible ? Beaucoup ont cru, ces derniers temps, à l'éventualité d'une « normalisation » des relations entre les deux pays. Ce terme est d'ailleurs ambigu, puisqu'on ne sait s'il s'agit de rapprochement, ou seulement d'une gestion différente du *statu quo*. Il y avait eu des tentatives chinoises en

1979, qui avaient achoppé après l'invasion de l'Afghanistan ; il y avait eu des conversations entre hauts fonctionnaires, des échanges de notes en vue de la réouverture de négociations sur les problèmes frontaliers, après que Brejnev eut déclaré en février 1981, devant le 26e Congrès, que l'évolution de la politique chinoise devait permettre un rapprochement ; ce rapprochement, l'attitude dure de l'administration Reagan sur la question de Taiwan paraissait en outre le favoriser. Pourtant Pékin maintient que la politique hégémonique de Moscou l'interdit pour l'instant, et demande à l'Union soviétique « des actes et non des paroles ».

Il semble en réalité que les préoccupations stratégiques chinoises n'aient pas changé, non plus d'ailleurs que les craintes soviétiques. Mais l'U.R.S.S. s'est placée plutôt en position de demandeur : la clef du problème est à Pékin ; et l'on ne peut qu'être frappé de la permanence de l'antisoviétisme des Chinois, même s'il est plus nuancé qu'auparavant et s'il s'accompagne de mouvements tactiques subtils en sens inverse.

L'inquiétude de la Chine face à l'expansionnisme soviétique demeure, en effet. Les raisons structurelles de l'antagonisme, décrites plus haut, demeurent. Mais le discours chinois a perdu en intensité et l'action chinoise en étendue (2). Cette dernière se limite désormais à peu près à l'Asie, et à l'Asie la plus proche. Le soutien à la résistance afghane est mesuré. La Corée, le Japon et l'Indochine sont en revanche l'objet d'attentions particulières. Mais, surtout, la Chine, qui traverse une crise économique et sociale chronique, a baissé le ton à l'égard de l'Union soviétique comme si ses dirigeants ne souhaitaient pas ajouter d'autres difficultés à leurs difficultés internes. Même si leur stratégie reste, quant au fond, inchangée, les Chinois n'ont jamais renoncé aux mouvements tactiques par lesquels ils comptent maximiser les avantages de leur position diplomatique. Le double jeu, on l'a noté, est bien dans leur manière. Limité, il est d'ailleurs compatible avec les objectifs d'une diplomatie intelligente. L'expansionnisme soviétique a obligé Pékin à renoncer au jeu triangulaire pour rejoindre, peu à peu, le camp occidental ; mais Pékin ne perdra jamais une occasion d'essayer, sur le plan tactique, d'en revenir au triangle et de jouer, à court terme, des intérêts d'une puissance contre les intérêts d'une autre. De plus, la difficulté de démêler, dans la conduite de la politique extérieure chinoise, ce qui ressortit au dessein positif et ce qui relève de la simple propagande contribue à brouiller les cartes. En outre, cette politique a toujours comporté des mouvements avortés, d'interprétation complexe : on se souvient du rapprochement avec la France, on glose aujourd'hui sur le rapprochement avec l'Inde. Plus profondément, les Chinois ne perdent jamais une occasion de manifester que leur diplomatie est une diplomatie nationale ; un abîme sépare à leurs yeux la convergence des préoccupations stratégiques — avec les Etats-Unis, notamment — de l'alignement inconditionnel. Et ils rappellent que parler de « cartes » chinoise, russe ou américaine, est traiter bien légèrement de choses sérieuses.

C'est en réalité la faiblesse de la Chine qui se trouve à l'origine de sa sympathie, plus ou moins mesurée selon les nécessités du moment, aux thèses occidentales. Constatant que leur pays n'a pas encore atteint une autonomie suffisante pour peser seul sur le cours des événements mondiaux et l'infléchir dans le sens de leurs intérêts, les dirigeants chinois ne peuvent que jeter le poids de la Chine dans la balance stratégique.

A l'inverse, l'accession de la Chine à la superpuissance aurait une importance considérable, puisque, pour se protéger de l'Union soviétique, elle ne serait plus, comme aujourd'hui, contrainte de rejoindre le camp occidental. La sanctuarisation, par l'armement nucléaire, du territoire chinois, modifiera sans aucun doute les données du jeu diplomatique. Celui-ci s'en trouvera sinon bouleversé, comme dans le cas d'un rapprochement sino-soviétique durable — puisque l'amélioration des capacités de défense chinoises n'est pas seule de nature à effacer les motifs d'hostilité réciproque des deux grandes puissances communistes —, du moins profondément affecté. Si, en effet, le conflit sino-soviétique peut être regardé comme ayant toutes chances de durer, la participation chinoise au conflit Est-Ouest n'est pas, elle, définitivement acquise. L'objectif final de la Chine est à la fois la destruction du soviétisme et celle de l'impérialisme capitaliste. Dès qu'elle se sera dotée des moyens de l'indépendance et de la préservation, elle pourra, si nécessaire, se retirer et assister au combat des deux adversaires pour tirer ensuite profit de leur épuisement. Plus certainement, l'accession de la Chine à l'autonomie lui ouvrira nombre de possibilités nouvelles, qu'elle exploitera avec sa subtilité coutumière. C'est que le monde sera réellement devenu tripolaire. Les combinaisons politiques en seront plus aléatoires, les prévisions plus difficiles. Une puissance digne de ce nom, disait le général de Gaulle, n'a pas d'amis. La Chine souscrit à l'évidence à la règle classique de l'hostilité des nations.

Des quatre hypothèses envisageables en matière de relations sino-soviétiques (3) : conflit armé, détente, alliance en dûe forme et poursuite du *statu quo*, c'est donc la dernière qu'il convient de retenir ; mais sans oublier que le *statu quo* sera de plus en plus difficilement contrôlable par l'Occident au fur et à mesure que la Chine acquerra une capacité de dissuasion réelle. Cette fluidité accrue des relations internationales devra être justement appréciée. Elle aura des conséquences sur la maîtrise de l'équilibre des forces sur lequel repose, en définitive, la sécurité du Pacifique.

La gloire de l'empire.

Il est remarquable qu'un peuple renonce aussi largement que l'a fait le Japon à une partie de son héritage, à une partie de son esprit et de sa force. Certes, cette renonciation aux formes traditionnelles du nationalisme militaire, cet éloignement de la tradition impériale, furent imposés par les Etats-Unis. Mais ils furent acceptés avec une docilité et une bonne volonté surprenantes. Les souffrances des années de guerre conduisaient les Japonais à honnir la politique et le régime antérieurs. Ils s'adaptèrent aux temps nouveaux en substituant à l'obsession de l'expansion militaire le souci du commerce international.

Mais, précisément, la contraction de ce commerce à la suite de la crise n'est-elle pas de nature à favoriser un retour aux anciens comportements ? Le Japon, entièrement dépendant de l'extérieur, constatant la montée du protectionnisme, ne cèdera-t-il pas à la tentation de s'assurer des marchés par la force ? Et, d'autre part, peut-on tenir pour certain qu'une tradition nationale si forte ait complètement disparu ? La question est d'importance. Toute velléité agressive du Japon — en dehors même du plan économique — romprait la cohésion et compromettrait la stabilité de la zone : en inquiétant les pays d'Asie du Sud-Est, en éloignant la Chine du camp occidental, voire en favorisant un rapprochement sino-soviétique.

Les Chinois n'ont d'ailleurs jamais cessé de manifester leurs craintes à l'égard du Japon. Chou En-lai a évoqué à plusieurs reprises les dangers du « militarisme japonais ». Le même insistait au moment de la normalisation des relations, sur la nécessité de fonder désormais celle-ci non sur l'oubli du passé, mais sur les leçons qui pouvaient en être tirées.

Ces derniers temps ont vu, on le sait, les Chinois s'émouvoir de la réécriture tendancieuse de certains passages de l'histoire japonaise tels qu'ils sont relatés dans les livres scolaires. D'autres signes ont été commentés : la visite du cabinet au sanctuaire shintoïste de Yasukuni, haut lieu du militarisme d'avant-guerre, le succès d'une collecte de fonds parrainée par de hautes personnalités en vue de l'édification au pied du Fuji d'un monument commémorant la fondation du Mandchoukouo.

Faut-il discerner là les prodromes d'une renaissance du nationalisme japonais sous ses formes ancestrales ? d'un retour à une politique d'intimidation et d'agression ? Il ne semble pas. Le peuple japonais et ses élites ont éprouvé les vertus de la paix à laquelle ils demeurent profondément attachés. Ils ont conscience de la vulnérabilité de l'archipel, de la proximité de puissances gigantesques, dotées de l'armement atomique. Ils ne se soucient guère de remettre inconsidérément en cause les succès des quarante dernières années, qui ont fait de la civilisation japonaise la seule civilisation moderne d'origine asiatique. Il peut y avoir, ici et là, quelques nostalgies. Pour l'essentiel, le Japon n'entre pas, selon la formule célèbre, dans l'histoire à reculons. Le monde contemporain est divisé entre le Nord et le Sud, les Occidentaux et les autres, les Blancs et les peuples de couleur. Mieux qu'aucun autre pays, note Reischauer (4), le Japon semble capable d'estomper la rigueur de cette triple césure. L'intérêt qu'il porte à la notion assez symbolique de communauté du Pacifique le montre.

La prudence dont les Japonais font preuve en commençant d'approfondir cette vocation révèle assez qu'ils ne sacrifieront pas l'avenir à quelques satisfactions d'amour-propre. Et d'ailleurs, n'incrimine-t-on pas plus souvent, au total, l'effacement japonais que l'agressivité japonaise ? Le destin japonais passe désormais par d'autres voies. Ce sont celles-là qui menacent l'Europe. Il ne faut pas se tromper d'inquiétude.

Au-delà de ces problèmes immédiats, les récents développements du droit de la mer — spécialement la définition de la zone économique exclusive — ont ouvert une période de tâtonnements qui seront plus ou moins douloureux. Plusieurs litiges sont déjà nés, notamment entre la Corée du Sud, le Japon et Taiwan, et entre ces Etats et la Chine populaire, à propos de droits de pêche ou de la possession d'îles ou d'îlots divers. L'Océan Pacifique est le plus riche du monde. C'est désormais aussi un océan national, dont chaque pays, fût-il minuscule, possède une part. Ces deux circonstances expliquent que le risque de tensions soit élevé. Il n'est pas indifférent que chaque auteur soucieux de proposer des objectifs concrets en faveur du concept de communauté du Pacifique évoque l'exploitation des mers.

Certains pays de la zone ont enfin un statut fragile, en raison du contexte diplomatique. C'est le cas de deux parmi les plus dynamiques : Taiwan et Hong Kong, le premier revendiqué par la République populaire de Chine, le second lui appartenant. La condition faite à

Taiwan par ses partenaires depuis la normalisation sino-américaine revêt un caractère d'originalité marqué : s'ils ne reconnaissent plus formellement la Chine nationaliste, ils s'y font néanmoins représenter de façon officieuse afin de ne pas compromettre des relations économiques mutuellement profitables. L'invasion de Taiwan paraissant exclue, le *statu quo* est, selon toute vraisemblance, destiné à durer. Quant à Hong Kong, il s'agit d'un territoire à la condition anachronique, cédé à bail à la Grande-Bretagne par la République populaire de Chine; Pékin a reconnu que les troubles fomentés dans la colonie en 1967 étaient une erreur, et n'est pas disposé à l'adoption de solutions abruptes. Sans doute Hong Kong est-elle nécessaire à la Chine. Si celle-ci n'entend pas se laisser corrompre par ce voisinage, elle compte bien continuer de tirer profit d'une enclave dont elle assimile les techniques et auprès de laquelle elle se procure les devises qui lui servent à couvrir, pour un quart, ses importations totales. Les modalités juridiques de cette association pourront être revues, mais si le *statu quo* n'est pas définitif, cette question n'est pas source de tensions graves.

Tensions.

Le nombre des puissances aux intérêts divergents qui prennent part à l'évolution du Pacifique est, d'une certaine manière, garant de l'équilibre de cette région. Il est aussi, à l'évidence, cause des frictions, des désordres qu'engendrent les rivalités et les craintes. L'équilibre du Pacifique, s'il n'est pas vraiment instable, est à chaque instant susceptible d'être affecté par les manifestations de l'égoïsme sacré des Etats — en tinssent-ils pour la même philosophie politique — et aussi par leur fragilité intrinsèque. Mais l'influence réelle des tensions entre nations, de la subversion, du fanatisme religieux, des irrédentismes ou de l'instabilité institutionnelle, est difficile à apprécier exactement. A partir de quel seuil une guérilla compromet-elle la stabilité d'un pays ? Une querelle douanière, l'intégration économique ? Une révolte religieuse ou une question territoriale, la stabilité politique et le décollage économique d'une région entière ? Le mouvement qui s'amorce dans cette partie du monde n'est-il pas d'une ampleur telle qu'il serait vain de dresser la liste des multiples conflits qu'il englobe, mais qui ne paraissent pas susceptibles de le remettre en cause ? Ces questions n'ont pas de réponse. Les incertitudes du Pacifique participent de sa vie même ; il n'est pas inutile d'en faire un compte sommaire.

Il est clair, sur le plan international, qu'une série de divergences opposent entre eux les Etats de la zone. On a vu l'opposition, au sein de l'A.S.E.A.N., entre les pays favorables à la Chine et les pays plus méfiants. Dans cette association perdurent en outre des litiges territoriaux aggravés de revendications séparatistes, tous facteurs de tensions hérités de la liquidation du passé colonial. De plus, certains de ces pays — l'Indonésie surtout — aspirent au leadership dans la région. En matière économique, on connaît le différend nippo-américain, celui qui oppose l'Australie à Singapour. Tous ces litiges, toutes ces oppositions peuvent passer pour mineurs. C'est oublier que la planète vit à l'heure atomique.

Plusieurs auteurs ont insisté sur les dangers, pour le monde comme pour la zone Asie-Pacifique, de la prolifération nucléaire. Il est de fait qu'en apparence, celle-ci accroît singulièrement la dimension des rivalités étatiques. Mais elle doit, dans le cas présent, être appréciée à sa juste valeur. Seuls, d'après les renseignements les plus courants, la Corée du Sud et Taiwan possèdent d'importants programmes électronucléaires ; mais ce sont des programmes d'électrification. Et les Etats-Unis ont naguère fait la preuve de leur capacité à étouffer dans l'œuf les velléités de ces pays — par ailleurs signataires du traité de non-prolifération — de se doter de l'arme atomique. Aussi bien — c'est un vieux débat — ne peut-on exclure que la possession d'une telle arme, qu'on ne saurait utiliser en dessous d'un certain « seuil de gravité », par certains pays du tiers monde, puisse jouer un rôle stabilisateur en enseignant à leurs dirigeants la sagesse et la modération. Quoi qu'il en soit, la situation dans la zone, faiblement préoccupante et n'échappant pas à tout contrôle, ne présente pour l'instant aucun caractère dramatique.

En revanche, la fragilité politique et sociale de certains Etats vaut d'être relevée, en ce qu'elle paraît susceptible de remettre en cause, plus ou moins profondément, l'ordre établi. Si l'on excepte la Corée du Sud qui s'est signalée par un récent coup d'Etat, c'est l'Asie du Sud-Est qui doit retenir l'attention : cette région constitue certainement le « ventre mou » de la zone. Les Etats occidentaux sont solides. La démocratie fonctionne au Japon. Les Etats océaniens sont convenablement encadrés par l'Australie et la Nouvelle-Zélande. Restent ces pays composant l'A.S.E.A.N., aux peuplements divers, aux structures mouvantes et qui subissent d'incommodes voisinages.

Force est cependant de reconnaître que, malgré les carences constatées ici ou là, la zone Asie-Pacifique est une zone d'étonnante stabilité. Les pays de peuplement européen adhèrent à une idéologie commune ; le monde asiatique ne connaît guère de fortes tensions ethniques, religieuses, politiques, sociales ou même démographiques. Cette région offre au monde l'image de la paix dans la diversité, avec celles du dynamisme et de la puissance.

Séparatisme, fondamentalisme, subversion et mouvements sociaux, voire instabilité gouvernementale menacent dans certains cas l'unité nationale. La dissidence des minorités rejaillit sur les relations entre Etats : entre Thaïlande et Malaisie, Malaisie et Indonésie, Indonésie et Philippines. Elle s'aggrave parfois, comme dans le nord de la Thaïlande, de complications révolutionnaires. La question islamique a connu un regain d'actualité après l'affaire d'Iran, et certains observateurs ont craint que les pays à population musulmane — l'Indonésie notamment — ne soient le théâtre de flambées analogues. Quant à la subversion communiste, elle subsiste, ici et là, à l'état endémique, en Thaïlande, en Indonésie — où la répression de 1965 l'a écrasée —, aux Philippines ou en Malaisie, diversement encouragée, selon les périodes, par les puissances extérieures, au premier rang desquelles figure la Chine, et se greffant sur les autres formes de rébellion contre l'ordre établi. Le communisme à l'indochinoise sert pourtant de repoussoir. Mais il est difficile de méconnaître absolument le bien-fondé de ces révoltes. La misère et les inégalités sont le lot de cette partie du monde. Que ses chances pour l'avenir soient nombreuses ne doit pas conduire à cacher cet état de choses. Le prix à payer pour le développement est lourd. L'Europe en a naguère fait l'expérience. Marx a écrit dans un texte célèbre que le système de la liberté commerciale hâtait la révolution sociale (5). Un défi social est bien lancé à la zone, qu'il lui faudra relever tôt ou tard. Certains des pays qui la composent l'ont, c'est l'évidence, entrepris. L'exemple des réformes agraires le montre en Corée du Sud, au Japon, à Taiwan surtout. Mais le problème reste posé pour les plus pauvres. Le développement doit bénéficier à l'ensemble d'une population, faute de quoi les risques d'éclatement deviennent majeurs.

Avenirs.

Au-delà des traits du présent, deux incertitudes capitales demeurent. Elles sont de nature différente : la première a trait à la place de la

Chine, la seconde à l'évolution démographique de la région.

Lorsqu'on quitte le terrain des descriptions et celui, contigu, des hypothèses immédiates, la question chinoise apparaît dans toute sa dimension. Elle se pare des séductions que l'Europe accorde généralement à l'inconnu, et qui furent sans doute à l'origine de la vogue surprenante du maoïsme. Mais la Chine vaut et vaudra par elle-même — un milliard de personnes et l'une des plus anciennes civilisations connues —, et non par ce que l'Europe veut bien y trouver.

La Chine est aujourd'hui séparée du monde Pacifique par son système politique, économique et social, par les craintes que suscitent les ambitions qu'on lui impute, par ses propres préoccupations aussi, qui n'ont guère trait à la construction en cours. Nul ne sait cependant ce qu'il en sera demain. On a parlé de modèle sinique du devenir, ou d'un axe Japon-Chine, fondé sur une culture commune et autour duquel était destinée à s'édifier la paix mondiale (6). Là résident les principales inconnues de l'équation du Pacifique.

Pour l'immédiat, force est de constater qu'il est douteux que la Chine puisse décoller à vue humaine. La période qui s'est ouverte avec les « quatre modernisations » est riche d'enseignements ; elle dévoile les faiblesses encore grandes de l'économie chinoise. Celle-ci a connu en 1978 et 1979 une crise grave liée au surinvestissement dans l'industrie lourde. Les dirigeants de Pékin ont en effet longtemps adhéré au modèle stalinien, qui se fondait sur l'autosuffisance nationale dans les secteurs de base, sidérurgie ou ciment. Une telle politique négligeait la contrainte énergétique qui, paradoxalement, pèse lourdement sur l'économie de la Chine. Sa production pétrolière devrait, on le sait, diminuer dans les années à venir, au rythme de 3 % par an jusqu'en 1985. L'exploitation des réserves *off shore* s'avère indispensable, mais les difficultés bureaucratiques et techniques les retarderont jusqu'au début des années 1990. Dès lors, la Chine, pour éviter de devenir importatrice d'énergie, doit d'une part privilégier le charbon, d'autre part réduire sa consommation d'énergie par unité produite. Elle satisfait déjà largement à la seconde exigence : le rapport consommation d'énergie sur produit industriel est tombé de 1,66 pour la période 1965-1978 à 1,04 en 1980 (7). Selon la Banque mondiale, la nouvelle priorité accordée aux industries légères explique, pour les deux tiers, cette amélioration.

C'est sous la contrainte énergétique que la Chine a dû réorienter son économie, des industries lourdes vers les industries de main-d'œuvre. Les statistiques disponibles révèlent cette tendance : en 1981, la production des industries lourdes aurait diminué de 4,7 % alors que celle des industries légères aurait augmenté de 14,1 %, prenant ainsi pour la première fois dans l'histoire chinoise la première place dans la production industrielle totale. Il y a là un mouvement durable : la contrainte énergétique est permanente. L'accroissement annuel des ressources énergétiques ne sera vraisemblablement, dans les prochaines années, que de 0,8-0,9 %. Ainsi l'économie chinoise se rapproche-t-elle du modèle de développement asiatique, dont on sait le rôle qu'il réserve, comme moteur de la croissance, aux industries légères.

Le caractère de la présence chinoise dans la zone s'en trouvera modifié. Le comportement de la balance commerciale chinoise, depuis quelques années, est significatif. En 1981, la Chine a connu le plus fort excédent commercial de son histoire — 3,8 milliards de dollars. Les exportations, en hausse de 15,7 %, avaient atteint 22,4 milliards de dollars, cependant que les importations diminuaient de près de 4 %. De tels résultats sont de nature à conforter la position de ceux qui, à Pékin, prônent l'ouverture sur l'extérieur. Ils montrent que dans un contexte de faible progression du commerce mondial, la Chine peut maintenir une croissance importante de ses exportations en gardant la maîtrise de son marché intérieur. De plus, la Chine, après plusieurs années d'excédents commerciaux, est susceptible d'emprunter des capitaux extérieurs pour des montants élevés. Ses ressources financières sont la garantie des prêteurs. Certes, les matières premières, pétrole et charbon surtout, ont largement contribué à l'amélioration du solde commercial, mais les exportations de produits textiles y ont aussi concouru, reflétant la redistribution des activités au sein de l'économie : ainsi les exportations de vêtements ont-elles progressé de 26 % en 1981.

Il est donc probable que la Chine entrera en compétition avec les pays de l'A.S.E.A.N. : la composition de leurs exportations, les caractéristiques de leurs marchés extérieurs sont très semblables. Pékin entendant aligner sa part dans le commerce mondial — 1,1 % en 1981 — sur sa part dans la richesse mondiale — 2,5 % —, des tensions peuvent apparaître. Pour la première fois, la Chine s'est fait représenter par un observateur à la session de novembre 1982 du G.A.T.T. Mais la véritable question est de savoir si le développement chinois, au demeurant assez imprévisible, portera atteinte au développement des nations de l'A.S.E.A.N. ou des N.P.I. Certains signes montrent au contraire, là comme ailleurs, qu'une logique de l'intégration se dessine.

Dans les prochaines années, la montée des protectionnismes entravera les exportations chinoises vers les U.S.A. et l'Europe. La Chine ne peut espérer faire valoir auprès des Européens son déficit commercial bilatéral, puisqu'il s'est réduit de 1,5 milliard de dollars en 1979 à 65 millions en 1981. Quant aux Etats-Unis, ils paraissent, au travers d'une politique commerciale fluctuante et contradictoire, décidés à limiter les importations de textiles en provenance de Chine. Il s'ensuit que ce pays verra ses efforts extérieurs reportés sur les Etats en développement, et particulièrement ceux de l'A.S.E.A.N. On sait que les exportations chinoises vers cette association ont été multipliées par 1,8 de 1979 à 1981. Pour d'évidentes raisons politiques, aucune division horizontale du travail au sens strict entre l'A.S.E.A.N., les N.P.I. d'Asie et la Chine n'est encore ouvertement recherchée. Mais les marchés existent et les complémentarités apparaissent.

Dans ses importations, la Chine fait aussi la part belle aux pays asiatiques. Il est vrai que, frappés par la réduction des importations d'équipements clef en main et de biens de consommation, les Japonais ont plus souffert que les Américains, essentiellement tournés vers les exportations agricoles, du rééquilibrage de la balance commerciale chinoise. Reste que de 1979 à 1981, les exportations japonaises de biens d'équipement et de matériel de transport ont été cinq fois plus importantes que les ventes américaines des mêmes produits. La relance, inévitable, des importations chinoises de biens d'équipement profitera donc au Japon, voire aux N.P.I. ; Taiwan et la Corée du Sud commercent en effet malgré tout avec la République populaire par l'intermédiaire de Hong Kong. En 1981, un cinquième des biens importés de Hong Kong par la R.P.C. était ainsi d'origine taiwanaise. Car les liens de la Chine avec la région sont plus forts que ce que la seule étude des statistiques commerciales classiques laisse supposer. La plupart des ventes chinoises aux Etats-Unis, au Japon et en Europe sont le fait d'intermédiaires régionaux appartenant à l'*orbis sinarum* et formant la vaste et influente communauté des Chinois d'outre-mer. De même, 90 % des projets industriels lancés dans la zone franche de Shenzhen sont financés par Hong Kong, Macao ou même Taiwan. Les autorités chinoises s'appuient habilement, aux fins de développement, sur le nationalisme vivace de leurs ressortissants expatriés.

Les voies du progrès économique chinois ne diffèrent donc guère de celle des nations capitalistes de la région. Les zones économiques spéciales, de Shenzhen, Zhuhaï, Longhu et Huli ressemblent fort à cet égard aux zones franches de Thaïlande ou de Malaisie. Un éventuel décollage de la Chine entraînerait une expansion, profitable à la zone entière, des échanges commerciaux.

Cette évolution suppose toutefois une libéralisation du commerce extérieur chinois, qu'empêche la bureaucratie. En contrepartie, les opportunités d'investissement dans les secteurs lourds, autrefois glorifiés, se trouvent réduites, et, avec elles, les espoirs des pays étrangers capitalistes pourvoyeurs de fonds. Quoi qu'il en soit, la Chine, puissance régionale, pourrait s'associer au monde Pacifique, qu'elle contribue par ailleurs indirectement à protéger. Les modalités de cette association sont à l'évidence difficiles à décrire. Mais l'inconnue chinoise devra, dans les années à venir, retenir l'attention.

La seconde incertitude est d'ordre démographique. « Il n'est de richesse que d'hommes », disait Jean Bodin (8). Le Pacifique est riche d'une immense population, qui croît et rajeunit sans cesse. Pourtant, une menace non négligeable pèse sur l'avenir du seul Japon. Celui-ci pâtit d'un vieillissement rapide. Le taux de reproduction est de 0,86 fille par femme, et l'espérance de vie à la naissance de 79 ans pour les femmes et de 73 ans et demi pour les hommes, est la plus haute du monde. Avantageuse à court terme, la réduction brutale de la natalité ne l'est plus quand l'horizon temporel s'éloigne. La population devrait culminer à 140 millions d'habitants vers 2025 ; la part des personnes âgées dans la population totale sera alors supérieure à 18 %. Le Japon, qui a commencé de vieillir plus tard, vieillira bien plus vite que les pays occidentaux. Au début du prochain millénaire, la population japonaise ne comptera guère plus de jeunes que de vieux. Alfred Sauvy a magistralement analysé les conséquences d'une telle situation. A l'aube de l'ère technétronique (9), cette perte de vitalité est inquiétante, moins parce qu'elle ferait entrer le Japon dans le club des pays à systèmes sociaux inévitablement déficitaires que parce qu'elle amènerait la cristallisation des structures et la perte des réflexes auxquels l'archipel doit ses succès. Si le grand âge n'est pas, au Japon, un obstacle, social ou personnel, à l'exercice de responsabilités importantes, le vieillissement du corps social ne peut globalement être que néfaste.

Fragilités et incertitudes n'affectent pourtant au total qu'assez peu l'équilibre du Pacifique. Il serait trop commode pour l'Europe d'attendre sans bouger un effondrement improbable. Sa situation diminuée lui impose au contraire un effort d'une particulière violence. Les analyses précédentes n'avaient d'autre but que d'en faire pressentir la nécessité. C'est le peuple qui consent à son mal ou plutôt le pourchasse, écrivait La Boétie (10). Il est temps pour l'Europe de cesser de consentir à son propre effacement.

Il fut un temps où les pays qui la composent pouvaient rêver que l'histoire leur appartenait ; ils l'inventaient, lui donnaient une fin, lui confiaient leurs mythes. Aujourd'hui, il leur semble que l'histoire se passe ailleurs. La région du Pacifique est le premier de ces « ailleurs », et le plus menaçant. Pourquoi l'Europe se résignerait-elle ?

Les obstacles à son redressement ne sont certes pas négligeables. Il y a l'incompréhension, réelle ou feinte, de l'Amérique, les pressions soviétiques et le neutralisme, la concurrence plus lointaine et plus rude ; il y a la crise et son cortège de lassitudes, qui amplifient une immense fatigue ontologique. Le propos de ce livre n'était certes pas d'indiquer comment abaisser ces obstacles, mais de montrer qu'en définitive, l'Europe est moins menacée par les autres que par elle-même. Le miracle Pacifique n'existe pas. L'Empire soviétique ne prend que ce qu'on lui concède. L'Europe peut relever les défis qu'on lui jette. Mais le veut-elle ?

Gramsci a fort bien décrit ces situations où les valeurs dominantes dans la société civile ne correspondent plus aux valeurs au nom desquelles le pouvoir politique s'exerce. Mais le problème européen est plus grave, puisqu'aucune valeur ne domine réellement nulle part, suscitant soit la révolution, soit l'exercice d'un pouvoir sûr. Il n'est plus question, comme l'écrivait Valéry, que de méditer sur la vie et la mort des vérités. Les élites se satisfont de ces exercices austères dont le peuple paie le prix. Une telle complaisance n'est plus acceptable. Puissions nous la proscrire, alors que le temps presse.

Notes

CHAPITRE PREMIER
AUTOUR DE L'AMÉRIQUE

(1) Association des nations du Sud-Est asiatique.

(2) Fernand Braudel, *Civilisation matérielle, économie et capitalisme, XVe-XVIIIe siècle,* Paris, Armand Colin, 1979.

Jacques Attali, *Les Trois Mondes ; pour une théorie de l'après-crise,* Paris, Fayard, 1981.

(3) Les termes « Pacifique », « Orient », « Asie-Pacifique », etc., sont employés dans la suite du texte pour varier les expressions. Cet usage n'implique pas d'adhésion à l'idée selon laquelle le monde Pacifique serait déjà un monde homogène. Il s'agit d'une commodité de langage permettant de se référer brièvement à une réalité complexe.

(4) Sir Halford Mackinder, *Democratic Ideals and Reality,* London, constable and Co., 1919.

(5) Raymond Aron, *République impériale,* Paris, Calmann Lévy, 1973.

(6) Cité par W. Overholt dans « The rise of the pacific bassin », *Pacific Community,* juillet 1974, p. 516.

(7) Henry Kissinger, *Les Années orageuses,* Paris, Fayard, 1982, t. 1, chap. 8, not. p. 425 et s.

(8) Raymond Aron, *op. cit.*

(9) *Ibid.,* p. 29.

(10) Henry Kissinger, *Pour une nouvelle politique étrangère américaine,* Paris, Fayard, 1970.

(11) A. Toynbee, *L'Autre moitié du monde*, Paris, Elsevier, 1976.

(12) A. Malraux, *La Tentation de l'Occident*, Paris, Grasset, 1972.

CHAPITRE II

LA RICHESSE DES NATIONS

(1) Oswald Spengler, *Le Déclin de l'Occident*, Paris, Gallimard, 1931-1933.

(2) *Cf.* le rapport de 1981 de la Banque mondiale.

(3) Ou 0,8 % selon les organismes.

(4) La somme des déficits et des excédents s'annulant bien sûr au niveau mondial.

(5) « Redéploiements géographiques et rapports de force industriels », C.E.P.I.I., janvier 1981.

(6) Rapport sur le développement dans le monde, Banque mondiale, 1981, déjà cité.

(7) Rapport E.S.C.A.P., 1981.

(8) Braudel, *op. cit.*

(9) P. Judet, *Les Nouveaux Pays industriels*, Editions ouvrières.

(10) Paul Akamatsu, *Révolution et Contre-révolution au Japon*, Calmann-Lévy, 1968.

(11) Bela Kadar, *Les Petits Pays dans l'économie mondiale*. Budapest, Centre de recherche afro-asiatique de l'académie hongroise des sciences, 1972.

(12) Simon S. Kuznets, *La Croissance économique moderne*. Taux, structure, diffusion, Editions internationales, 1973.

(13) Agence japonaise pour la coopération internationale.

(14) *The Far East, a Long Term Perspective*. Chase Econometrics.

(15) Le spread est la différence entre le taux — hors commission — d'un prêt et le taux de base international.

(16) J. E. Meade, *The Theory of Customs Union*, Amsterdam, North Holland Publishing C°, 1955.

CHAPITRE III
PAX PACIFICA

(1) Bernard K. Gordon, *Towards Disengagement in Asia,* Englewood Cliffs, N. J., Prentice Hall, 1969. Voir également Pierre Renouvin, *La Question d'Orient,* 1840-1940, Paris, Hachette, 1946.
(2) De 1953 à 1954, les Pactes avec la Corée du Sud, le Pakistan et la Chine nationaliste.
(3) Le traité de Manille, instituant en septembre 1954 pour l'Asie l'O.T.A.S.E., une organisation comparable à celle de l'O.T.A.N. Les signataires en étaient les U.S.A., les Philippines, la Thaïlande, le Pakistan, l'Australie, la Nouvelle-Zélande, la France et la Grande-Bretage. Par une déclaration spéciale, les Etats-Unis ne s'engageaient à intervenir qu'en cas d'agression communiste. Ce traité ne subsiste que sous la forme d'engagements résiduels des pays de l'A.N.Z.U.S. à l'égard de la Thaïlande.
(4) L'Australie, la Nouvelle-Zélande et les Etats-Unis sont liés par un pacte de 1951, dit A.N.Z.U.S.
(5) H. Kissinger, *A la Maison Blanche,* vol. 1, Paris, Fayard, 1979, voir p. 179 et suiv.
(6) P. Richer, *L'Asie du Sud-Est, indépendances et communismes,* Paris, imprimerie nationale, 1981.
(7) Nixon, cité par A. Fontaine, *Un seul lit pour deux rêves,* Paris, Fayard, 1981, chap. 9, p. 199.
(8) R. Nixon, *La Vraie Guerre,* Paris, le livre de Poche, 1981, p. 187.
(9) Hélène Carrère d'Encausse, « Visées et possibilités de Moscou en Asie », Paris, *Revue de Défense nationale,* 1979.
(10) Institut international d'études stratégiques, *Situation stratégique mondiale,* 1980, Paris, Berger-Levrault, 1980.
(11) Richard H. Solomon, « East Asia and the great power coalitions, America and the world », 1981, *Foreign affairs, op. cit.*
(12) Michael Mac Gwire, Ken Booth and John Mc Donnell eds, *Soviet naval policy,* N.Y, Praeger, 1975. Voir la contribution de Robert G. Weinland.
(13) Voir le Livre blanc de 1979 de l'Agence japonaise

de défense, in *Defense of Japan,* Tokyo, defense Agency, 1979.

(14) L'expression est de Mme Hélène Carrère d'Encausse.

(15) Admiral Noël Gayler, « Security implications of the soviet military presence in Asia », *in Asian Security in the 1980's,* Richard H. Solomon ed., Oelgeschlager, Gunn and Hain, Cambridge, 1979, p. 54.

(16) Henry Kissinger, *A la Maison Blanche,* vol. 2, Paris, Fayard, 1980, p. 824.

(17) On peut dire, très schématiquement, que Kissinger incarne les conceptions de la première période et Brzezinski celles de la seconde.

(18) Henry Kissinger, *Les Années orageuses,* vol. 1, p. 68.

(19) Voir la relation donnée par Henry Kissinger, *A la Maison Blanche,* vol. 2, p. 1108.

(20) François Fejtö, *Chine-U.R.S.S., de l'alliance au conflit,* Paris, Seuil, 1977, p. 8.

(21) Henry Kissinger, *Les Années orageuses,* vol. 1, p. 344. Voir les déclarations de Brejnev en juin 1973, à San Clemente.

(22) *New York Times,* 26 février 1971.

(23) Henry Kissinger, *Les Années orageuses,* vol. 1, p. 1118.

(24) Richard H. Solomon, *op. cit.*

(25) Edwin O. Reischauer, *Histoire du Japon et des Japonais,* 2 vol., Paris, Seuil, 1973.

(26) Pierre Fistié, *La Rentrée en scène du Japon,* Paris, Presses de la fondation nationale des sciences politiques, 1972.

(27) Eisaku Sato, *The new pacific age, pacific community,* janvier 1970, p. 330-340.

(28) Cette clause figure dans le traité mais doit être combinée avec un autre, disposant que le traité ne saurait affecter les relations de chacune des parties avec des pays tiers, ce qui permet au Japon d'en donner l'interprétation qu'il veut.

(29) P. Renouvin, *La Question d'extrême-orient,* p. 154.

(30) Gerald L. Curtis, « Domestic politics and japanese foreign policy », in *Japan and the united states,*

William, J. Barnds ed., Council or Foreign Relations, London, MacMillan Press, 1979.

(31) Voir M. Leifer, « Conflict and regional order in South East Asia », *Adelphi papers,* 1980, n° 162.

(32) *Far Eastern Economic Review,* 13-19 juin 1980, p. 38 ; voir également Admiral N. Gayler, « Security implications of the soviet military presence in Asia », *Asian security,* p. 54.

CHAPITRE IV
ORDRE ET MOUVEMENTS

(1) Vernon R., « International investment and international trade in the product cycle », *Quaterly Journal of Economics 80,* mai 1966, p. 190-207.

(2) Shinohara (Miyohei), *Structural changes in Japan's economic development,* Tokyo-Kinokuniya, 1974.

(3) « Catching the Asean Bus », *Far Eastern Economic review,* juillet 1981.

(4) Voir chapitre I, Autour de l'Amérique.

(5) *The sixty mile circle,* étude de la Security Pacific National Bank, 1981.

(6) Communication de René Servoise à l'Académie des sciences morales et politiques, Paris 1982.

(7) J. Attali, « Tiers monde et Economie monde », in la revue *Tiers monde,* t. XXI, 1980.

(8) J. Attali, *Histoires du temps,* Paris, Fayard, 1983, p. 306-307.

(9) Par exemple : Boggs, *The international trade balance,* New York, Macmillan, 1922. Cairncross, *Home and foreign investment (1870-1913),* Cambridge U.P. Cambridge, 1953.

CHAPITRE V
LA COMMUNAUTÉ DU PACIFIQUE

(1) Charles de Gaulle, *Discours et Messages,* Paris, Plon, 1970, t. IV, *Vers le terme,* p. 85.

(2) Voir W. Overholt, *op. cit.*, p. 516.

(3) V. David G. Timberman, in « Search of a pacific basin community », *Asian survey*, 1981.

(4) P.A.F.T.A. : pacific free trade association.

(5) O.P.T.A.D. : organization of pacific trade, aid and development.

(6) P.B.E.C. : pacific bank economic council.

(7) Mitsuro Donowaki, The pacific basin community, a japanese overview, Asia Pacific Community, winter 1982.

(8) — H. Patrick, « Prepared statement for hearings on the pacific community, subcommittee on asian and pacific affairs », *House committee on foreign affairs*, juillet 18, 1979.

— L. Krause, « Testimony before the subcommittee on asian and pacific affairs », juilllet 18, 1979.

— Peter Drysdale and Hugh Patrick, « An asian-pacific regional economic organization : an exploratory concept paper, prepared for the senate subcommittee on asian-pacific affairs by the congressionnal research service », Library of congress, Washington us got printing office, 1979.

(9) V. Mitsuro Donowaki, *op. cit.*

(10) Japan center for international exchange : « The pacific community concept, views from eight nations, the proceedings of the asian dialogue at Oiso », Japan, january 1980. Tokyo, J.C.I.E. Papers, 1980.

(11) J. Pirenne, *Les Grands Courants de l'histoire universelle*, Neuchâtel, La Baconnière, 1944.

(12) Cité par F. Braudel, *Pour une histoire sérielle : Séville et l'Atlantique (1504-1650), Ecrits sur l'histoire*, Paris, Flammarion « Champs », 1969, p. 145.

(13) *Op. cit.*, p. 138.

(14) Endel-Jacob Kolde, *The pacific quest.*, Boston, Lexington-Heath, 1976.

(15) Schumpeter, *Capitalisme, socialisme et démocratie*, Paris, Payot, 1942, p. 185 et s.

(16) R. Aron, *op. cit.*, p. 388-389.

CHAPITRE VI

UN EXEMPLE ÉTRANGER

(1) Christian Sautter, « La flexibilité de l'emploi au Japon », *Economie et politique du Japon contemporain*, n° 7.

(2) Linder (S.B.), *An Essay on Trade and Transformation*, Wiley and Sars, New York, 1961.

(3) F. List, *Système national d'économie politique*, 1841, trad. fr., 2e éd. Capelle, Paris, 1857.

(4) Max Weber, *L'Ethique protestante et l'esprit du capitalisme*, Paris, Plon, 1964.

(5) E. M. Cioran, *La Tentation d'exister*, Paris, Gallimard/Idées, 1975.

(6) Ezra Vogel, *Japan as nr. 1, lessons for america*, Cambridge Mass : London, Harvard University Press, 1979.

CHAPITRE VII

INCERTITUDES

(1) C.E.P.I.I.

(2) Jean-Louis Domenach, « La Chine devant l'hégémonie soviétique », in *Le Système communiste, un monde en expansion*, travaux et recherches de l'I.F.R.I., Paris, 1982.

(3) Arthur Doak Barnett, *China and the major powers in east asia*, Washington D.C. the brookings institution, 1977, p. 86.

(4) Edwin O. Reischauer, *op. cit.*, t. 2, p. 139.

(5) Karl Marx, « Discours sur le libre-échange », *Œuvres économiques*, Paris, Gallimard, coll. de la pléiade, t. 1, p. 156.

(6) Arnold Toynbee, Daisaku Ikeda, *Choisis la vie, un dialogue*, Paris, Albin Michel, 1981.

(7) Travaux de Field et Flynn pour le congrès américain.

(8) Jean Bodin, *De la république*, Paris, Litec, 1949.

(9) Zbigniew Brzezinski, *La Révolution technétronique*, Paris, Calmann Lévy, 1971.

(10) La Boétie, *Discours de la servitude volontaire*, Paris, Vrin, 1947.

Table des matières

Achevé d'imprimer en mars 1983
sur presse CAMERON,
dans les ateliers de la S.E.P.C.
à Saint-Amand-Montrond (Cher)
pour le compte de la librairie Arthème Fayard
75, rue des Saints-Pères - 75006 Paris

ISBN 2-213-01285-7

Dépôt légal : mars 1983
N° d'Édition : 6574. N° d'Impression : 086-084
Imprimé en France

H/35-7059-5